ポテト

ポテト

ポテト

ポテト

リストラおやじ、アイドルになる

椎名雅史
Shiina Masafumi

幻冬舎MC

リストラおやじ、アイドルになる

装画・本文イラスト／やべさわこ

目次

プロローグ

「なんだかなー」

昔と比べてすっきりした感のある駅前の街並みを見て、故宇藤《うどう》開《かい》の代名詞ともいうべき名ゼリフが思わず口に出た。宇藤さんの大ファン、というわけではないけれど、その言葉が出ることがたまにある。

きっかけは、ずいぶん前の話になるが、宇藤さんが亡くなったニュースを知ったときである。畑原時彦《はたけはらときひこ》主演の連続ドラマ【先生ぴんぴん物語】で教頭を演じた宇藤さんの姿が脳裏に浮かんだ。宇藤さんといえば、旅番組やグルメリポーターとして活躍するタレントさんと思っている人が多いかもしれないが、オレには俳優のイメージが強かった。

「えのきっ」

「せんぱ〜い」

そんなドラマの名シーンがダイジェストで頭の中を駆け巡ると、今度はドラマの主題歌【抱いて抱いてTONIGHT】のメロディが鳴り響いた。オレはその歌を口ずさむや、無意識に踊っていた。もちろん、トキちゃんになりきったつもりで。トキちゃんは好きなアイドルの一人だった。

訂正。今でも好きなアイドルの一人だ。

再訂正。今でも好きなアーティストの一人だ（オレの中では永遠のアイドルだが）。

「パパー、何してるの？」

隣にいる一人娘の蘭《らん》がきょとんとしていた。はっと我に返る。

「別に」

急に恥ずかしくなり、オレは顔を赤らめる。

「変なパパ」

蘭が頭を横に傾けた。

それにしても、五十を過ぎたおっさんのオレが無意識とはいえよく一心不乱に踊れたものである。昔取った杵柄《きねづか》という奴だろうか。子供の頃、テレビの歌番組に好きなアイドルが登場すると、勉強そっちのけでモニターの前にかじりついていたのを思い出す。懸命に振り付けを練習したおかげで身体が覚えていたのかもしれない。

「ところでパパ、アレ、なんだかな？」

丹念に編み込まれた三つ編みを右手でいじりつつ、蘭が言った。見ると、左手の人差し指でどこかを指差している。赤いレンガ造りの外観が印象的な洋風の大きな建物のようだ。

親バカで恐縮だが娘はパパっ子だ。物心ついた頃からオレの言動を真似するようになった。トーンの高い口調と仕草がかわいくて仕方がない。今年で七歳。良くも悪くもオレになついている。家を空けることの多かったキャリアウーマンの母親代わりといってはなんだが、娘のヘアアレンジを担当していたのがよかったのかもしれない。

この日、故郷の福岡県北東部にある小さな田舎町、椎田《しいだ》町——現在は築城《ついき》町と合併して築上町《ちくじょう》——までついてきてくれたことは何よりもオレになついている証しだと思っていた。

オレはスマホでその建物をネット検索した。【築上町文化会館コマーレ】。ギリシャ語で【温かみのある、人の集まる所】という意味らしい。オレは大学四年のときに帰省した際、通りすがりに外からチラッと一度見ただけなので、建物の名称を覚えていなかった。

「マコーレーだって」

わざと間違えて言うと、蘭に見透かされたのか「それはクリキントン」とつっこまれた。こうした掛け合いができるのも娘がパパっ子である証しのひとつだと思っている。妻と娘がボケとツッコミの絶妙な掛け合いをしているところを見たことがない。そもそも妻はあまりボケないこともあるが。

「よく冗談だとわかったね。本当はコマーレっていうんだ。でもなんでマコーレー・クリキントンのこと知ってるの？」

「ケリーおばさんがね、マコーレーが死んだ。オーマイガッ！　と騒いでたの」

「ははは。ミーハーなおばさんらしいや」

ケリーおばさんとは、ロサンゼルスに住んでいたときにお世話になったお隣さんだ。子供好きの世話焼きで蘭が小さい頃に子守を頼んだことが何度もある。マコーレー・クリキントンの死亡説が流れたのを、ケリーおばさんは鵜《う》呑《の》みにしていたのかもしれない。

「ミーハーって？」

蘭に尋ねられ言葉に詰まった。なんて言えばいいのだろう。うまく説明できない。そういえばミーハーって言葉、最近耳にしないかも。死語？　そう思うとちょっぴり恥ずかしくなる。

「モリナガのこと？　そういう歌あるでしょ。アレ、いいよね」

オレが答えられないでいると、続けて蘭が聞いてきた。モリナガとは森永美里《もりながみさと》を指しているのだろう。『ミーハーズ』は彼女の持ち歌だ。オレは物持ちがよく、昔よく聞いていた歌謡曲のCD、カセット、レコードを今でも大事に保管しているのだが、蘭がこっそり聞いていたとは思いもしなかった。

「正解といえなくもないけど、ちょっと違うかな。ていうか、森永さんに失礼だぞ。それにパパのもの勝手に触っちゃダメじゃないか」

「ごめんなさい」

蘭がシュンとなる。キツイ口調で叱ったつもりはないが、娘には辛かったようである。むしろその事実は、オレを喜ばせた。娘が父親の趣味を気に入ってくれたなんて。

「これからはパパにひと言言ってね」
蘭に笑顔が戻るや、オレの記憶のスクリーンに、中学時代の楽しい思い出が不意に蘇《よみがえ》ってきて――。

三年時に生徒会長を務めていたオレは、幼馴染《おさなじ》みで同級生の女子と、小学生の頃からつるんでいたしもべともいうべき四人の男子で生徒会執行部を始動させると、体育祭や文化祭などの定番行事をはじめ、クラス対抗クイズ大会や体育館を貸し切って巨大迷路を作るといった生徒会主催の独自のイベントを開催したりして、アメリカのハナフダ元大統領さながらのやりたい放題の生徒会長生活を満喫していた。
ちなみに、当時の椎田中学校生徒会執行部はこんなメンバー。
会長　赤星《あかほし》剣《けん》（三年）
副会長　青松《あおまつ》純平《じゅんぺい》（二年）
会計　白百合《しらゆり》美保《みほ》（三年）
書記　浅黄《あさぎ》幸広《ゆきひろ》（二年）
庶務　緑谷《みどりたに》光司《こうじ》（二年）
企画　桃尻《ももじり》明王《あきお》（二年）
生徒会長生活で一番思い出深いのは文化祭だった。オレたちはメインイベントともいうべき音楽ライブにおいて、アイドルになりきって歌った（美保を除く）。

歌は【ガラスのセブンティーン】。

当時人気絶頂のアイドルグループ、SHOW☆TOKU太子の二枚めのシングルだ。

SHOW☆TOKU太子は、一度に十人の請願者の声を聞いてすべてを理解できた――十人の請願者の声を順番に聞いた後に的確な助言をそれぞれにした説が有力らしい――聖徳太子の伝説にちなみ、ファンクラブの中から毎月抽選で十名の願いを叶えてあげるというファンサービスで人気を博していた。願いを叶えるといってもなんでもよいわけではなく、お姫様だっことか、ほっぺにチューとか、簡単なサービスに限られていたが。

オレはメインボーカル。

後輩の四人はバックダンサーとして、いや、オレの引き立て役として履《は》き慣れないローラースケート姿で懸命に踊ってくれた。たまに転ぶこともあったが、そこはご愛嬌《あいきょう》ということで、大勢の観客は笑って許してくれた。

サビの部分になると盛り上がりはヒートアップ。オレたちと観客の心は、まるでひとつになったようだった。

あー、なんて気持ちがいいんだ。

アイドル最高!!

オレは最後まで心ゆくままに歌った。自分の歌声に酔いしれていた――。

「パパ、どうしたの？　やっぱり今日、ちょっと変だよ」

蘭が不思議そうな目でオレの顔を覗《のぞ》き込んできて、正気を取り戻した。

「さっきは突然踊り始めるし。そして今度は気持ち悪いくらいニヤニヤしてる」

「……実はこの町で過ごしたときのこと、思い出しちゃってね」

「そうだったんだ！　じゃあ……蘭もこの町で楽しく過ごせるんだね！」

蘭は白い歯を見せ、Ｖサインをした。

親バカ冥利《みょうり》に尽きるなんと嬉しい言葉！

アメリカから日本に向かう道中、オレは罪悪感に苛《さいな》まれていたが、故郷が近づくにつれてその罪悪感は薄れていった。蘭の表情が明るくなったからだ。初めて訪れる父親の故郷というものが娘の気分を和らげたのだろうか。これでよかったのだ。オレが悩んだ末に下した決断は間違っていない。蘭の笑顔を見るたびに、自信が確信に変わった。

「そろそろいこうか」

オレは蘭の小さな手を握り、目的地の生家《せいか》に向かってゆっくりと歩き出す。久しぶりの故郷。生まれ育った街の変化をこの目にしっかり焼き付けたいと思った。

だが、真っ直ぐに延びた駅前の中央通りは、再開発なのか軒《のき》を連ねていた店はほとんどない。すっきりした感があるのは良いけれど、人影がない。猫一匹すら歩いていない。

駅の右側のエリアには、八百屋や魚屋などの個人商店、地元のなんちゃって不良どもが集《つど》う駄菓子屋兼ゲームセンターがあったと記憶しているのだが、今はその面影すらなくだだっ広い道路になっている。左側のエリアは昔から変わらずに駐輪場だが、駐輪スペースはずいぶんと広がっていた。広くなったぶん見通しが良くなっていて駅から目と鼻の先にコマーレがある。

まったく変わらないのは雲ひとつない澄みきった青空と、地面が穏やかな陽光に照り映えていることくらい。かといって、寂しい気持ちは微塵《みじん》もない。街並みが変わっていくのは当たり前のことだ。そういえば、帰省するのは何年ぶりだろうか。大学を卒業して以来だから……三十年ぶり⁉　我ながらびっくりする。

思い立ったが吉日。

親父がよく言っていた。だからオレは地元の大学を出ると迷わずに上京。蘭がパパっ子のように、オレもパパっ子だったように思う。親父の言うことだけは素直に聞いたものだ。「便りがないのは元気な証拠。電話代や交通費もバカにならないし無理して帰ってこなくていいぞ」と親父から言われたこともあり、気づいたら三十年も経っていたのである。

志《こころざし》を立てるのに遅すぎるということはない。

これは、イギリスで首相を務めたことのある政治家の名言で、親父の座右《ざゆう》の銘《めい》である。小さい頃から口を酸《す》っぱくして言われたせいか、オレの座右の銘にもなっている。この言葉のおかげでオレは東京で踏ん張ることができた。アメリカで生活することにためらいはなかった。けれど、いろいろと思うことがあり、疲れてしまった。故郷に帰り、親孝行しようと思った。だが——。

突然、親父はジャワ島に移住した。従順なおふくろは当然のように親父についていった。二人合わせて御年《おんとし》百七十歳。行動力ありすぎ！　その事実を知ったのが半年前。奇《く》しくも帰国しようと決意したときである。

にもかかわらず、オレがすぐに日本に戻ってこなかったのはタイミングを見計らっていたからだ。仕方ない。田舎で娘と二人のんびり楽しく暮らそう。親孝行はまたの機会でいいだろう。そんなことを考えながら生家に到着すると、更地になっていた。

「なんだかな？」

蘭が【売地】と書かれた立て看板を指差すと、タイミングよくスマホのメール着信音が鳴った。画面を開く。親父からだった。

【土地、売ったから。移住費の足しに。言い忘れてた。あばよ】

あばよ？

どういう意味だよ！　柳沢圭吾《やなぎさわけいご》じゃあるまいし。ところで、「あばよ」の名言は、ねるねん紅鮫団で誕生したんだっけ……おっと、話が脱線してしまった。

細かいことが気になってしまうのは、オレの悪い癖。

あばよの意味はともかく謝罪の言葉がない。一人息子が実家に帰ることを親父は知っていたはずなのに……オレは呆然と立ち尽くした。溜息《ためいき》が出る。

「なんだかなー」

第一話　ハイティーン・ブギウギ

～青松純平の巻～

1

潮風がしみるぜ。

俺はゼファーにまたがり、周防灘《すおうなだ》を抱きながら国道十号線をのんびりと流していた。五年ぶりの故郷。虎の子のバイクを東京からわざわざ持ち帰った甲斐《かい》があったというものだ。

とにかく気持ちがいい～！

都心で購入したばかりのマンションを売り払っても、人気の高級ＳＵＶ車を手放しても、千香子《ちかこ》に「メカオンチのくせに」と嫌味《いやみ》を言われても、頑《がん》として売るつもりはなかった。

「バイクに乗るのが好きなだけならスクーターで充分じゃん。ガソリン代かからないし買い物に便利だし。買い替えれば」

まったくもって妻の言うとおりで反論のしようがない。しかし、これだけは売るわけにはいかない。思い出の一品だからだ。自動二輪免許を取得したばかりの十代後半、兄貴に譲ってもらったこのバイクで千香子を後ろに乗せて走ったことがある。一度きりだったけど。千香子が両手を自分の腰に回して身体を寄せ、柔らかなふくらみが背中に当たるのを期待してドキドキしていたが、彼女はタンデムベルトを両手でしっかり持った状態で背筋をピンと伸ばし、密着しようとしなかった。がっかりである。当時奥手だった俺は頭の中で千香子を抱き、自分を慰《なぐさ》めた。

「本当に持っていくの？」

「輸送費なら心配いらない。俺が乗って帰るから。もちろん一般道でね。高速代節約するから別に構わないだろ。なんならお前も後ろに乗ってく？　昔みたいに」

「こんなときに冗談はやめて。昔って何のことよ」

ガーン。

軽いめまいがした。タンデムした事実を覚えていないなんて。俺はがっかりするも追及しなかった。口達者な千香子とは「乗せた」「乗ってない」の水掛け論になることはわかっていたからである。

梅雨《つゆ》入り前のある日の朝、俺は自宅の庭先で抜けるような青空を見ていると無性に走りたくなった。熟睡している家族を尻目に顔をサッと洗い、ホットコーヒーにトースト一枚と軽めの朝食を済ませると、実家のある築上町を出発したのだった。お気に入りのレイバンのサングラスをかけて。

目的地はすぐに決めた。東海岸を走る九州最長の路線――JR日豊《にっぽう》本線と並行しながら、ひたすらに南下した。のどかな田園風景を楽しみながら市街地へ入り、市街地を抜けるとまた田園地帯へ。山国川《やまくにがわ》を越え、大分県中津《なかつ》市に入る。中津城の近くでひと休みすることにした。

俺は公園のベンチに座り、ウエストポーチの中からビニール袋を取り出した。おやつ代わりの梅干しがいくつか入っている。母君江《きみえ》が漬けているものだ。一粒つまみ、口の中にポイッと放り込んだ。

「すっぺー」

塩分は強いがコクがある。これぞおふくろの味。【一日一粒の梅干しで医者いらず】とはよくいったもので、大きな病気をしたことがない。風邪もほとんどひかない。

ガリ。

母の梅干しがあまりに美味《おい》しいものだから、つい種まで噛《か》んで食べてしまった。

ツーリングを再開し、しばらく流すと、目的地の宇佐《うさ》神宮に到着。ここは、全国に三万社あまりあるという八幡宮《はちまんぐう》の総本社。国宝に指定されている朱塗りの本殿が、森の緑とあいまってなんともいえない輝きを放っている。俺は、宇佐神宮ならではの拝礼作法、二拝四拍手一拝で参拝し、Uターンした。

昼前に築上町に戻ってきた。いったん家に帰り昼食をとろうと考えたが、国道十号線をそれて綱敷天満宮《つなしきてんまんぐう》に向かった。神社にいったばかりだが、また参拝しようと思ったのは深刻な理由があった。

失業中。

不幸は重なるもので、田舎で一人暮らしをしている母が軽度の脳梗塞で倒れてしまった。幸い大事には至らず、要介護１の認定を受けた。ケアマネージャーによると、母は足腰が弱っていてふらつきやすいという。そのため、玄関や階段、風呂場などに手すりを設置する必要に迫られた。

奇しくも兄貴は海外暮らし。母の世話は俺がするしかない。「よけいな心配はいらん」と母は遠慮したが、そういうわけにはいかないと思い故郷に帰ってきた。

ところが当初、「お義母《かあ》さん実は苦手なの」と妻に猛反対された。それは予想外の反応というか知らなかった事実だ。「特に梅干し。実は嫌いなのよ」と。

実家には梅畑があり、六月に収穫が行われる。梅畑はそんなに広くないけれど、高齢の母には重労働である。そんな母を手伝おうと、俺は繁忙期になると週末に家族を連れて帰省していた。しかしこの五年間、都合がつかず母の手伝いをできずに申しわけない気持ちでいっぱいだったが、千香子が梅干し嫌いとは思ってもいなかった。だったら、あんな苦々しい顔をしてまで食べなきゃいいのに。千香子は嫁姑の良好な関係を維持するため、母の前では無理をしていたのかもしれない。

さらに妻はこう言い放った。

「それにそもそも、田舎暮らしは嫌なのよねえ」

こちらは薄々感じていたが、まさか拒否されるとは……千香子も築上町に住んでいたくせに。といっても、妻は生まれが築上町ではない。父親が自衛官で、小学五年のときに転入してきた転勤族だ。築上町には航空自衛隊の築城基地がある。

「介護が必要なんだよ、母さんには」

「でも向こうはいらないって言ってるんでしょ。だったら帰る必要ないじゃない」

母には無駄に張り切るところがある。八十歳を超えている君江は、梅畑以外にも農地を持っていて、人参や白菜などの野菜をほそぼそと作っている。それは別によいのだが、頼まれてもいないのに、よかれと思ってご近所さんと親戚のぶんまで栽培しているらしい。

それにしても、である。千香子と口論が絶えなくなったのはいつからだろう。

これまで家族にどんなトラブルが起きても、俺は優しさだけは捨てずに乗り越えてきたつもりだ。なのに、千香子は反対に優しさを捨てていく。子供が成長するにつれて妻の厳しさは増していった。褒《ほ》めて伸ばしたい俺に対し、千香子は叱って伸ばしたいタイプ。お互いに考えを譲らないものだから喧嘩《けんか》は日常茶飯事《さはんじ》。口喧嘩では妻に勝てないということもあるが、愛を失うのが怖かった。

だけど、しまいに折れるのはいつも俺だった。

「仕事見つかると思う？　あっちの友人に聞いたけど、割の良い仕事ないって言うのよ」

「大丈夫。家族を路頭に迷わせるようなことは絶対にしないから」

そう言って、千香子に認めさせた。説得に一ヵ月かかったが。

「僕も嫌なんだけど」

中学一年の長男健太《けんた》も渋い顔をした。ヤンキーがめちゃくちゃ怖いらしい。里帰りするたびに不良漫画に登場するような強面《こわもて》の少年たちにジロリと睨《にら》まれるという健太は、一度おしっこを漏らしたことがあり、その失態が今でもトラウマだそうだ。

「大丈夫。今のヤンキーはマイルドだから。怖くないよ」

まったく慰めになっていないのはわかっていたが、強引に健太を納得させた。

「田舎暮らし？　ラッキー！」

小学六年の長女若葉《わかば》は二つ返事で賛成してくれた。「自然に囲まれた田舎のほうが子供はのびのび育つんだよね」

自分で言うのはどうかと思うが、娘にはおませというか悟ったようなところがある。ネガティブな兄に対し妹はポジティブ。両親の教育方針が真逆だから性格が正反対になったのだろうかと、子育ての妙《みょう》を感じたものである。

父親としては、やはりネガティブな健太のメンタルが心配だった。健太は人見知りのせいかすぐに友達ができない。健太が家で寂しそうにしているとき、俺は一緒に遊ぶようにしていた。定番のテレビゲームをはじめ、トランプ、将棋《しょうぎ》、オセロなど、サシで勝負できる遊び事はなんでも教え、とことん付き合った。勝ち負けよりも、過程を楽しんだ。

健太を遊びに連れ出すこともあった。釣り、海水浴、ハイキングなど、外では勝負事ではなく、のんびりと過ごせるものを好んだ。すると、健太はいくぶん前向きになり、学校から帰ると外へ遊びに出かけるようになった。お気に入りのマウンテンバイクに乗って。

一方、ポジティブな若葉は、「どこか連れてって〜」とせがんでくるので、娘との付き合いはとてもラクだった。

俺は駐車場にバイクを駐《と》め、境内を歩いて回る。ここ綱敷天満宮は梅を愛した菅原道真《すがわらのみちざね》公が主祭神で、東の太宰府と称される。地元では【浜の宮】の名で親しまれ、広々とした境内には約一千本の梅の木が植えられている。

「菅公《かんこう》様、前の会社と遜色《そんしょく》のない給料をもらえる良い仕事が見つかりました。ありがとうございました」

言いつつ俺は社殿《しゃでん》の前で手を合わせ、ゆっくりと瞼《まぶた》を閉じた。参拝するときは「願いが叶いますように」という他力本願な発言はせず、成功したイメージを思い浮かべながら感謝の言葉を述べるようにしている。こうすることで、俺は順風満帆《じゅんぷうまんぱん》なサラリーマン人生を歩んできた。なのに、尽くしに尽くした会社にまさか裏切られるとは……。


――三ヵ月前。

この十数年、大手電機メーカーのコストカッターとして辣腕《らつわん》をふるってきた俺にとって、人事部部長という肩書は天職のように思えた。おしゃべりは得意なほうだからだ。

「当社のさらなる発展のため、あなたには今の役職に見合った別の働き先で活躍していただき、会社とのパイプ役になってほしい」

「あなたのように有能な人材は、弊社《へい》にとどめておくのはもったいない。外に出るべきです」

「あなたはここでくすぶっているような人間ではありません。優秀なあなたなら、他の企業でも必ず通用します。明るい未来が待っています」

などとベタ褒めしてはリストラ対象者を持ち上げる。ちょっとでもその気になったそぶりを見せたり、ためらっている様子であれば人材派遣グループのコンサルタントを紹介し、たたみかけるように退職に追い込んでいく。去りゆく寂しそうな背中を見るたびに胸を痛めたが、これは仕事、仕方なかったのだ、と自分に言い聞かせた。

その甲斐あってか、業績が上向いてきた。憎まれ役はまもなく終わると思っていたところ、あろうことかリストラの矛先《ほこさき》が俺に向けられた。

「人事部は解体します。黒字体質の強化のため、人事部こそリストラしなければなりません」

まさに青天《せいてん》の霹靂《へきれき》。どうして俺が？　納得がいかず、上に抗議した。

「バブル時代に大量採用した五十代はお荷物社員が多い」

五十代なのは間違いないが、バブル崩壊後の入社なんだけどね。

「能力に比べて給料が高い」

そっちが勝手に支給してくれているのと違います？

「デキる人間だと勘違いしている」

そんなこと考えたこともないけど。次から次へと突き刺さる罵詈雑言《ばりぞうごん》にひどくショックを受けた。追い打ちをかけるように個人攻撃も受ける。

「勤務中にアダルトサイト見たよね」

本当だが正確ではない。無能な社員が使用しているパソコンの閲覧履歴を調べているときに不審なＵＲＬに気づき、クリックしただけである。濡れ衣《ぎぬ》もいいところだ。

「新人研修のときに遠藤雅彦《えんどうまさひこ》の物真似といって、細マッチョの肉体を見せびらかしたそうじゃないか」

それの何が悪い。当時の研修責任者だった副社長が「レクリエーションで物真似大会をしよう」と言うものだからやっただけである。

「副社長、実は中林明日菜《なかばやしあすな》の大ファンでね。君のこと愚か者と言ってたよ」

あてつけだ。マッチョと明日菜にはいろいろあったみたいだけど……ていうか、そもそも俺とは無関係である。

ところで、じゃぱに〜ず事務所を退所したマッチョは今どうしているのだろう……そんなことを考えていたとき、不意に役員の一人から告げられた決定的な言葉を思い出した。

「これまで青松君がクビにしてきた無能な社員、そもそもは人事部が採用したんじゃないか。人を見る目がなかった自分を恨むんだな」

ぐうの音も出ない。

その夜、俺はうなだれて帰宅した。会社をクビになったなんて妻には言えなかった。そして、妻と子供たちが眠りにつき、あたりが寝静まった頃。俺は一人、バイクで街に繰り出した。いく当てもなく、ひたすらに突っ走るのだった――。

2

参拝を終えると、俺は海を眺めたくなった。防潮堤《ぼうちょうてい》の緩やかな階段を上り、ベンチに腰を下ろす。目の前には遠浅の穏やかな海——周防灘が広がっていて、大潮《おおしお》の頃に潮が引くと広大な干潟《ひがた》が現れる。ここ浜の宮海岸では、毎年春になると潮干狩りが解禁となる。アサリが豊富に採れる人気スポットだ。

「アサリ、いっぱい採ったなー」

独りごちるや、子供の頃の記憶が蘇ってきた。「あった!」喜びのあまり興奮している。暇さえあれば友達と連れ立ってよく潮干狩りに出かけたものだ。浜の宮海岸で採れるアサリは身が厚く甘みがあった。

「アサリ、食いてー」

誰だ?

耳の奥に絡《から》みつくような低音の甘い声が聞こえ、顔を向けた。

同じベンチの少し距離を置いたところにくたびれた黒いコートを着た中年男が座っている。俺は思い出に浸っていたせいか男の存在に気づかなかった。身体全体に悲哀のオーラみたいなものが漂っている。男は白髪《しらが》交じりの無精ひげを触ると、こちらをチラッと見た。

俺はレイバンのサングラスをとった。目と目が合う。互いにしばし見つめる。

「私の顔に何か？」

男は言った。なんともいえない独特の甘い声に、俺は聞き覚えがあった。

「もしかして……マダムキラー？」

その瞬間、男は驚きの顔をした。

「……ウブ平？」

「純平だよ！」

間髪《かんはつ》を入れずつっこんだ。少年時代に奥手だったことは認めるが、そのあだ名を好きになれなかった。ウブなのは女というものを知らなかっただけで、プロの人に筆下ろしをしてもらった後は大胆不敵になったと思っている。だからというわけでもないけれど、片思いの千香子をめとることができた。非情なコストカッターに任命されてもいとわなかった。

「悪いわるい。久しく本名で呼んだことないから忘れてたよ」

小学五年のときにひとつ年上の先輩に命名されて以来、中学を卒業するまで「ウブ平」と言われ続けた。先生からもあだ名で呼ばれていたし、無理もない。

「ホント、久しぶりだよなあ」

マダムキラーが懐かしそうに頬を緩《ゆる》める。

「成人式のときに一度会ったきりだろ」

マダムキラーこと、緑谷光司は椎田小学校の同級生だ。クラス替えをした小学五年のときに出会い、二人ともアイドルが好きだったことから意気投合。子供のくせして大人の色気を感じさせる甘い声を持っていた光司は物思いにふけることが多く、また、高身長でどこか大人びている雰囲気を醸《かも》し出していることからクラスメイトのママさんたちに人気があった。授業参観日に光司が教科書を読んだり、何か発表するときは決まって、ママさんたちは恍惚《こうこつ》の表情を浮かべていた。

「全然変わってないな。ダンディな雰囲気」

「そうでもないよ」

光司はフェルトハットを取ると、後ろから前へ髪を指ですいて頭頂部を見せた。

「ここ」

ハゲていた。五百円硬貨よりもやや大きいか。俺は薄毛で悩んでいないので同情した。

「カッコつけているだけさ」

光司が再び帽子をかぶる。「ところで、こんなところで何してんだ?」

俺は言葉に詰まった。

「当ててやろうか。リストラされて故郷に戻ってきた」

「なんでわかった?」

「悲愴感が漂っていた」

「そういうお前こそ」

ムキになって言うと、光司は鞄から素早くメモとペンを取り出し「私の場合は悲愴感ではなく、悲壮感」と、その違いを漢字で説明した。

「ものの本によるとだな。悲愴感は単純に悲しくて痛ましい。悲壮感は悲しい中にも雄々しく立派なところがある」

久しぶりに聞いた口癖「ものの本によると」。昔から読書家の光司は、うんちくを言いたがるところがある。そのくせ情報の出所《でどころ》を知られるのを嫌がり、書物のタイトルを決して明かさない。ここでいう「ものの本」とは、国語辞典だと容易に推測された。ネット社会の現代、その程度の情報は調べればすぐにわかるのに、別に隠さなくてもいいと思うのだが。俺は笑いが止まらなかった。

「やっぱり変わってないな。マダムキラーらしいや」

「フン。この年になってマダムキラーと呼ばれたってちっとも嬉しくない。私はやっぱり若い女の子がいい」

そう言っておきながら、光司は最近のアイドルについて不満を口にした。人数が多すぎる。名前が覚えられない。顔がみな同じに見える。ピュアじゃない。金がかかりすぎる……などなど。つまるところ昔のアイドルのほうがわかりやすく、かつ感情移入がしやすいので応援しがいがある、ということだった。その気持ち、俺はわからないでもなかった。お互いにおっさんになったのだから、仕方ないと思う。

「で、マダムキラーもなんでここに？」

「……リストラさ。今流行《はや》りの雇い止めって奴」

名古屋の大学で図書室の長期非常勤職員だった光司は、契約更新の際に「定年まで働けるよ」と言われ、それを信じて働いてきたものの、その言葉はあっさりと裏切られたという。

「なるようになるさ。私は悲壮感だからな。田舎に帰って心機一転、落ち込んでいない」

なんともポジティブシンキング。それに比べて……俺は神頼みにすがる自分を恥じた。

「アサリ、食べにいくか」

光司が誘ってきた。「ここの海を見ていたら頭の中がアサリだらけになってしまう」

「ははは。たしかに」

浜の宮海岸＝アサリ、といっても過言ではない。光司は貝掘り仲間の一人だった。

「国道十号線沿いにドライブインあったよな。そこで貝汁定食を食べよう」

意気揚々と光司が先に階段を下り始めると、任侠《にんきょう》映画に出てきそうな目力《めぢから》のある角刈り頭と、もじゃもじゃの天然パーマが印象的なデニムのオーバーオール姿のデブ男が、階段を上ってきた。

ポケットに手をつっこんで肩をそびやかせて歩く角刈りは見るからに反社会的勢力と思

われる人間で、近寄りがたい雰囲気を醸し出している。

一方、デブ男はホームサイズのアイスクリームを片手に抱きかかえ、スプーンで豪快に頬張っていた。

怪しい……俺が目を合わさずに通り過ぎようとした瞬間、「ウブ平？　マダムキラー？」という声が聞こえた。俺と光司が振り返る。

「ビンゴ？」

デブ男が屈託のない笑顔で言った。「こんな偶然ってある？」

はて、地元の友人にこんな百貫デブいたっけ？

「ウブ平とマダムキラーだあ？」

角刈りが声を上げ、こちらに顔を向ける。俺はデブ男と角刈りをじーっと見た。

「あっ」

ようやく記憶の糸を手繰《たぐ》り寄せることができた。

「ヒロブーとやーさん！」

ヒロブーこと浅黄幸広とやーさんこと桃尻明王は、椎田小学校の同級生。正確には、幸広とは保育園からの幼馴染みで、明王とは小学三年からの知り合い。あだ名は見たまんま。

幸広と明王とも会うのは成人式以来である。

それにしてもヒロブーはめちゃくちゃ太ったなあ。容姿の劇的な変化で例えるなら、元アイドルグループの幕中塾《ばくなかじゅく》で、今は主にグルメリポーターとして活躍するピコ磨呂《まろ》に近い。

「これは神様の思し召《おぼ》しだ」

そう言うと、明王は小さく十字を切り「アーメン」とつぶやいた。いつからクリスチャンになったのだろう。疑問に思ったが、あえて質問しなかった。信仰は自由だ。

「で、二人は今から何食べにいくの?」

ヒロブーの嗅覚《きゅうかく》というか、食べ物に関する直感はあなどれない。見事に言い当てた。

「アサリ」と光司。

「やっぱり。アサリもいいけど、今日はみんなでパーッと宴会でもしない?」

幸広が嬉々《きき》として言う。「白百合亭で。今、ミポロンが女将《おかみ》として切り盛りしてるんだって。これからやーさんといくとこだったんだ」

ミポロンこと白百合美保は、俺のひとつ年上の先輩だ。昔から人を包み込むようなオーラのある優しい女性で、野郎どものマドンナ的存在だった。今日偶然に再会した四人とも少年時代に彼女に憧れていた。ミポロンというあだ名は美保の同級生で幼馴染みでもある男子によってつけられた。人気アイドル山中美歩《やまなかみほ》の愛称【ミポポ】との差別化を図りたいということで、彼が当時ハマッていたチョコレート菓子【ポポロン】にちなんだのである。

「ミポロンに二名緊急追加って電話しとくね」

幸広はスプーンをアイスクリームに突き刺すと、胸当てのポケットからスマホを素早く取り出して電話をかけた。

「あ、ミポロン？　ヒロブーです」

デブと自覚している幸広は「ヒロブー」というあだ名を気に入っていて、昔から自虐《じぎゃく》的に名乗っている。だが、俺は違和感を覚えた。いい年したおっさんが「ヒロブー」と言うことに。ある程度の年齢に達したおばさんが一人称で下の名前を言うのと同じくらい、痛いなあと思うが、俺はつっこまないことにした。良くも悪くもそれがヒロブーだから。

幸広は通話を切ると、「ＯＫだって」と言い、喉《のど》を鳴らした。

「ぐふふ。腕によりをかけた料理作って待ってるからって」

どこまでも食い意地の張った男である。

「ところで」

光司が聞いた。「なんで、ヒロブーとやーさんが？」

「実は昨日、椎田駅でばったり会ったんだ」

明王が答えた。「いろいろ話してたら、お互いに失業中とわかってよ……それでお詣《まい》りにきたってわけ。そういうマダムキラーとウブ平は？」

「お前たちと同じさ」

俺が言うと、明王は「オー、ジーザス！」と両手を広げ、悲しみの表情で天を仰いだ。いちいちリアクションが明王らしくない。昔は見るからに不良で決して神頼みするような奴じゃなかったのに。正真正銘のクリスチャンなら神社ではなく教会にいったほうが御利益《ごりやく》あると思うのだが……なんか胡散《うさん》臭い。それはともかく、俺はみなと白百合亭へ向かうことに。

浜の宮海岸のそばにある白百合亭は、敷地内に庭園があり、落ち着いた佇《たたず》まいが印象的な割烹《かっぽう》料亭だ。俺は子供の頃、両親に連れられて何度かきたことがある。お造りや天ぷらなど、地元で水揚《あ》げされたばかりの海の幸や新鮮な山の幸を堪能できる。

白百合亭までの道すがら、俺たち四人は、結婚しているか、子供はいるか、といった近況をかいつまんで報告し合った。それぞれが家庭を持っていて、しかも家族揃って一家の主《あるじ》の故郷に戻ってきたという。

明王の言うとおり、神の思し召しかもしれないと俺は思った。いや、偶然というより何かの宿命かもしれない。幸広と明王は今日、二人だけのささやかな同窓会をするということで、妻から特別に許可を得ての外出だという。引っ越し荷物の整理整頓がまだ片づいておらず、妻からブーブー文句を言われたらしいが。

「はい、ただいまー」

俺たちが大きな暖簾《のれん》をくぐり白百合亭の中に足を踏み入れると、奥のほうから明るく元気のいい女性の声が聞こえた。

美保だった。足早にこちらへ歩いてくる。淑《しと》やかな着物姿がとても似合っていた。彼女とは中学卒業以来なので、実に四半世紀ぶりの再会だ。いい年の重ね方をしているなあ。俺は変わらない美しさに思わず見惚《みほ》れた。

「ミポロン、御無沙汰してます！」

挨拶も早々に、幸広が今にもよだれを垂らしそうな勢いで質問する。「メインディッシュはなんですか？」

美保がクスクスと笑う。

「それは後のお楽しみ。ヒロブーって全然変わらないわね。変わらないといえば……」と手のひらで指し示し、「右から順に、やーさん、マダムキラー、ウブ平くん」

「正解です。さすが美保先輩」

明王が唸《うな》った。唸るほどのことでもないと思うが。明王だけはミポロンではなく、美保先輩と呼ぶ。「年上の女性に対して失礼だろ」と。バリバリの不良だっただけに上下関係には厳しい。

「ミポロンさん、本当にお久しぶりです」

光司は「さん」をつけて丁寧な口調で言うと、一礼し、帽子をとろうとする。だが、寸前でやめた。ハゲのことはマドンナの前では秘密にしておきたいようである。もっとも店の中でずっと帽子をかぶったままというわけにはいかないから、すぐにバレるだろう。

「ウブ平くんもお久しぶり」

俺は挨拶する前に話しかけられた。

「あ、そう呼ばれるの嫌だったね。ごめん純平くん」

「いえいえ」

その気遣いが嬉しかった。「お会いできて光栄です。ミポ……白百合さん」

俺は気安く「ミポロン」と呼べなかった。幸広と光司が羨《うらや》ましい。

「ミポロンで構わないのよ。それに光栄だなんて。お世辞でも嬉しいわ。ささ、みんな上がって。大したお構いもできませんけど」

美保は立ち上がり、踵《きびす》を返す。その瞬間、俺は彼女の左手薬指に指輪がないことに気づいた。独身だろうか。あんなに綺麗《きれい》なのになあ……詮索《せんさく》したい衝動にかられたがそれは野《や》暮《ぼ》というものだ。

奥の座敷に案内される途中のことだった。一番後ろを歩いていた俺の背後から「ヘイヘイウブ平」と小さな甲高《かんだか》い声が聞こえてきた。振り返ったが誰もいない。空耳《そらみみ》だろうか。そう思い俺が歩《ほ》を進めると、再び「ヘイヘイウブ平」と呼ぶ声がした。今度は伸びのある特徴的なハスキーボイス。まさか……俺はあの男がここにいると想像しただけで、背筋に悪《お》寒《かん》が走った。

3

「えっ！　ミポロンまだ未婚なんですか？」

　臆することなく聞いた幸広に、「まだ、ってどういう意味よー」と明王にお酌《しゃく》していた美保がぷくっと頬を膨らませた。

　下戸《げこ》の俺を除く三人はベロンベロンに酔っ払っていて、充血した目を見開いている。メインディッシュのアサリも驚いているのか、バターで煮込んだ鍋の中でふつふつと美味しそうに踊っていた。

「マジで？」

　俺もびっくりし、口に入れていたアサリを戻しそうになった。オレンジジュースを飲んでひと息つく。するとなぜか、よこしまな気持ちが込み上げてきた。

　――昔って何のことよ。

　千香子の言葉が不意に思い出された。

　妻が正しければタンデムしたのはマドンナ美保？　俺の記憶違いだとしたら……すまない千香子。喧嘩ばかりしている俺たちは潮《しお》どきかもしれない。

　千香子が許してくれるなら……子供たちも認めてくれるなら……。

「ヘイヘイウブ平！」

甲高いその声で、俺はあらぬ妄想から我に返った。三回めは正面玄関から一番遠いこの座敷まで聞こえるほどの大きな声。一回めと三回めが甲高い声で、二回めがハスキーボイス。俺はからかわれているような気がして腰を上げると、襖《ふすま》を開け、廊下を歩いていく。

「どこいくの？」

美保が追いかけてきて、腕を掴《つか》まれた。俺は険《けわ》しい表情で振り返る。

「いるんですよね、あの人。どうして未婚だなんて嘘つくんです？」

「嘘なんかついてない」

「じゃあ、同棲《どうせい》ですか？」

「そういうわけじゃなく……仕方なくというか……なりゆきというか……三月からここにいるんだけど……彼にもいろいろ事情があるみたいで……」

俺が東京から引っ越してきた時期と重なる。荷解《にほど》きが一《ひと》段落した後、念のためにあの男の実家にいってみた。すると、更地になっていたので安心したものである。

なのに、どうしてあいつがいるのか。二度と顔を見たくなかったが、俺は会わずにはいられなかった。俺の、いや、みんなのマドンナ美保に迷惑をかけているかもしれないと思うと、イライラしてくるのだ。

俺は美保の腕を振り払い、前へと突き進む。正面玄関を出てあたりを見回した。

あそこか？

庭園の向こうに、小さな離れの家があった。俺が忍び足で歩み寄ると、出入り口のドアが少し開いていた。隙間《すきま》から目だけを覗かせる。

あの男がいた。六畳一間ほどの部屋に一人。

正確には一人と一羽。

二種類の声が聞こえた謎が解けた。

よれよれのグレーのスウェットを着ている男は、肘《ひじ》を曲げて手のひらで頭を支えた状態で寝そべり、鑑識員が主人公の刑事ドラマを見ていた。CMに入ると、男はやおら起き上がり、窓際に置いてある鳥かごに顔を近づける、そして、止まり木にいるピンク色の大きなオウムに「ヘイヘイウブ平」とハスキーな声で呼びかけた。

そう、ウブ平の名づけ親はあの男だ。

マダムキラー、ヒロブー、やーさん、ミポロン。

これらすべてのあだ名を勝手につけたのもあの男で、ヤツが吹聴《ふいちょう》して回ったせいで俺に「ウブ平」という呼び名が定着したのである。

CMが終わった。男はオウムから離れ、再びドラマに釘づけになる。なんというか、よほど暇を持てあましているようだった。

と、誰かが俺のふくらはぎをつついた。振り返って足元を見ると小さな女の子がキョトンとした顔で見上げていた。

「フーアーユー」

思わず大きな声で「はい？」と聞き返した。

「誰かいるのか？」

男が立ち上がり、歩いてくる。俺は逃げも隠れも嫌だったので、こちらからドアを開けてやった。

「ご無沙汰してます。赤星先輩」

「おー、ウブ平か。ヘイヘイウブ平！」

スウェット男——赤星剣は喜々としてハグしてきた。気持ち悪いので、俺はすぐに離れた。

「ウブ平、紹介するよ。娘の蘭だ。蘭、挨拶しなさい」

「ハローおっさん。ハウアーユー」

この子は一体何者？

怪訝《けげん》な目で蘭が俺を見つめていると、赤星先輩が補足するように説明する。

「変な目で見るなよ。蘭は別にクレイジーじゃない。アメリカで生まれ育っただけさ」

なるほど。しかし、初対面で「おっさん」はないと思う。

「ウブ平、東京からUターンしたんだって？　麦本《むぎもと》から聞いたぞ」

麦本とは、築上町役場住民課に勤務する小中の同級生である。

麦本の奴、どうして赤星先輩が帰ってきていると言わなかったんだ？　俺が嫌っていること知っているくせに。腹立つ～。

「ウブ平がいるってことは、マダムキラーもいるな。小中と一番仲が良かっただろ」

親しかったのは事実だが、中学卒業後に別々の高校になると連絡を取り合うことはなくなった。今みたいに携帯電話があったわけでもないので自宅に電話をかけるのが面倒だったこともある。

同じ理由で幸広と明王とも疎遠《そえん》になった。成人式で再会した後も密に連絡を取ろうとしなかったのは、単純に大学時代の友人と遊ぶ機会が多かったためだ。就職が決まると、今度は仕事に忙殺された。田舎の旧友の存在など頭をかすめることは滅多になかった。たまに里帰りしても、麦本以外にスケジュールが合う地元の友達はいない。俺は、麦本を通じて同級生や先輩後輩の近況を知るという状況が二十年以上続いたのだった。当然、赤星先輩の近況も耳に入っていたが、まさかアメリカにいたとは知らなかった。

「んでもって、マダムキラーが戻ってきたことも、麦本から教えてもらった。それで今、ヒロブーとやーさんも一緒だろ。こうしてみんなが揃うなんて奇跡だよ。運命というか宿命だな」

俺は妙な胸騒ぎを覚えた。

赤星先輩、俺、光司、幸広、明王、美保。この六人には、椎田中学校生徒会執行部という共通点がある。

会長　赤星剣（三年）
副会長　青松純平（二年）
会計　白百合美保（三年）
書記　浅黄幸広（二年）
庶務　緑谷光司（二年）
企画　桃尻明王（二年）

俺が中学二年当時の生徒会執行部は、対立候補がいなければ誰でも無投票で当選することができた。執行部の活動なんて面倒なだけ。入部を希望する生徒は皆無。そんな中、赤星先輩が生徒会長に立候補した。数年後に麦本から聞いた話によれば、使命感とか正義感に駆られたのではないという。「義務教育の終わりだしぃ～好きなことをやりたい放題してみたかったんだよねえ～。だって生徒会のトップじゃん」と不純な動機で。

対立候補は現れなかったため、赤星先輩は無投票で当選した。すると、俺、光司、幸広、明王の四人は「生徒会長推薦」という名目で半ば強引に入部させられた。小学生の頃からつるんでいたという理由だけで。多くの生徒から「ヒーロー生徒会だな」「悪い奴をやっつけてくれよな」とからかわれた。六人とも苗字に色が入っていたからである。

俺が赤星先輩の顔を二度と見たくないというのにはわけがある。人使いが荒かったからだ。とりわけ副会長は激務だった。「この書類、校長先生に渡してきて」「ＰＴＡ会長との連絡、頼んだよ」などは仕方ないとして、「小腹がすいた。菓子パン買ってきて」「ピョンピョンのコンサートいきたいからチケット手に入れてくれ」といった私用は許せなかった。

これじゃパシリだ。

一方、赤星先輩は俺を除く四人には優しかった。「それぞれの職務に専念してくれ」そう言ってさりげなく菓子を差し入れしたりする。この扱いの差は何？　俺は何度そう思ったことか。

ちなみに、美保は自ら入部。「剣がちょっと心配だから」という幼馴染みゆえの優しさからだった。数学が得意なので会計を担当。居眠りしやすい体質の幸広は、常に手を動かしておいたほうがいいだろうということで書記に。うんちくを披露《ひろう》したがる光司には、雑務全般を取り仕切る庶務が適任だった。学校が保有する長机とパイプ椅子の総数、講演会で使う垂れ幕の長さ、などのムダ知識は光司にとって好物となった。

生徒会執行部の中で、赤星先輩が最も重要な役職として考えていたのが企画。本来は体育祭や文化祭といったイベントの企画立案が主な仕事である。だが、なぜだかわからないが【いじめ・校内暴力ゼロ】のマニフェストを掲げていた赤星先輩は、企画の柱を公約実現に据《す》えた。

そこで白羽の矢が立ったのが、明王。中学入学早々、不良のリーダー格だった三年生をボコボコにやっつけ、一躍不良グループのトップに君臨した。明王を生徒会執行部に入部させた効果はすぐに表れた。赤星先輩が生徒会長を務めた一年間、公約どおりにいじめと校内暴力はゼロだった。

そんな赤星先輩を、先生たちは「椎田中学校創立以来の君子《くんし》」ともてはやした。けれど、俺にとっては「暴君」だった。パシリが一年中続いたことに加え、文化祭の催し物として執行部に恥ずかしい命令を下したのだ。それは……アイドルになりきって歌うこと（美保を除く）。

冗談じゃないと思った。男子一同、アイドル好きは否定しないが、それとこれとは別である。「そんなのやってられるか！」特に明王はブチ切れていた。それでも最終的に、みなは歌と踊りを全校生徒の前で披露することになった。

歌は【ガラスのセブンティーン】。

当時人気絶頂のアイドルグループ、ＳＨＯＷ☆ＴＯＫＵ太子の二枚めのシングルだ。

赤星先輩が生徒会長になって一番やりたかったのはこれでは？

俺はそう思った。例年、地元で活躍するアーティストを招いて文化祭ライブが開催されるのだが、赤星先輩はそれを頑《かたく》なに拒否したからだ。先生方は「たまにはいいんじゃない」と許可した。無駄に経費を使わずに済むからだろう。

本番当日。控室で赤星先輩は、自画自賛のハスキーボイスで「女の子をメロメロにしてやる」と息巻いていた。俺が体育館の中をチラリと覗いて見ると、男子生徒よりも女子生徒のほうが圧倒的に多かった。悔しいけれど、俺は赤星先輩がイケメンということだけは認めていた。さらに驚くことに、他校の制服を着た女子生徒もちらほら見えた。彼女たちも赤星先輩のファンだろうか。そう思うと、俺は嫉妬《しっと》した。

「今日はオレの気が済むまで歌うからな」

赤星先輩は本番が始まると、メインボーカルとして喉が枯れるまで歌い続けた。俺たちは慣れないローラースケートを履いたまま足がつるまで踊りに踊った。転びに転んだ。充分な練習時間を確保できなかったので当然である。

大勢の女子生徒を前にしてどうして恥ずかしい思いをしなければいけないのか。

まるで公開処刑ではないか。

こんな生徒会長は嫌だ！

赤星先輩を反面教師に、俺は次年度の生徒会長に立候補すると、投票の末に対立候補を僅差《きんさ》で下し、当選を果たすのだった。

「赤星先輩じゃないですか！」

明王の声が聞こえたので振り返ると、正面玄関の前に明王、光司、幸広が立っていた。後ろには美保がいる。彼女が心配をして三人を連れてきたのだろう。俺が赤星先輩を嫌悪《けんお》していることを知っているだけに、一触即発の事態になっているかもしれないと。

「会いたかったです」

明王を先頭に、光司と幸広が足を弾ませてやってくる。

「私もです」

光司に続いて、「赤星先輩何かおごって～」と幸広が相好《そうごう》を崩す。

俺は理解不能に陥った。文化祭であんな恥ずかしい思いをさせられたのに、この変わりようはなんだ。特に明王。お前が一番嫌がっていたじゃないか……俺はふと思った。そういえば、みなが赤星先輩の命令を受け入れた理由を知らない。

「ウッス、赤星先輩。一緒に飲みましょう。今日はとことん接待させてください」

明王が赤星先輩の腕を掴み、引っ張っていく。タダ酒が飲めるとあってか、赤星先輩の足取りは軽い。

「実は相談したいことがあるんですよ～」

光司は媚《こ》びるような口調で、ハエのように手をすりすりさせている。相談事は仕事についてだろう。何が悲壮感だ。

「赤星先輩、何かおごって～」

幸広は食べることしか頭にない。

そのとき、救急車のサイレンが聞こえてきた。サイレンの音はだんだん大きくなり、こちらに近づいているのがわかる。と、鳴り止んだ。しばらく経ってから再びけたたましく鳴ると、小さくなっていく。何があったのかわからないが、現場はこの近くのようである。

「なんだなんだ？　おーいみんな、ちょっくらいってみようぜ」

赤星先輩が言うと、明王、光司、幸広も追いかけていく。野次馬じゃあるまいし。そう思ったが俺もついていくことに。気になるというよりまた妙な胸騒ぎがしたのだ。

4

「健太じゃないか」

俺は遅れてやってくると、まさか息子がいるとは夢にも思わず、目を白黒させた。健太は膝を両手で抱えて座り、わなわなと身体を震わせている。健太を取り囲み心配そうな目を向けていた赤星先輩たちは、一斉《いっせい》に驚いた顔を向けた。

「ウブ平の息子？」

赤星先輩の問いに俺は頷《うなず》くと、向こうでおばちゃん連中に聞き込みをしていた若い警察官が振り返った。

「あなたが父親ですか？」

警察官が近づいてくる。キリリとした面持《おも》ちで。「詳しいことはまだわかりませんが、息子さんが老女とぶつかったというか、はねたようです。そこにある自転車で」

俺は絶句した。

丁字路《ていじろ》のカーブに健太の青いマウンテンバイクが倒れていた。問題の事故現場は白百合亭の近くで、歩いていける距離だった。この一帯は防風林としてたくさんの松林が植えられていて、細い道路が縫うように走っている。丁字路は見通しが良いが、高くそびえる古い松林が醸し出す薄暗さと傾きかけた西日のオレンジがあいまって、なんともいえない不気味な雰囲気だった。

そんな気味の悪い場所だからか、俺は軽く駆けて身体が熱くなるはずなのに、むしろ寒気を感じた。ここは地元では有名なホラースポットなのだ。

警察官によると、老女は意識不明の状態で搬送《はんそう》された。怪我の程度は不明だが、後頭部が少し赤黒く染まっていたらしい。ぶつかった弾みで頭を地面に強く打ちつけたのかもしれない。

「おたくの息子さん、何も話してくれないから困っていたんですよ」

健太は人見知りだ。ましてや人身事故を起こした直後で、相手は警察官。動揺するあまり心を開けるはずもない。俺は健太の背後に回ると両脇の下に手を入れ、抱き起こした。

「ちょっと、そこの人！　自転車に触らないで！」

警察官が声を張り上げて誰かを指差した。俺は指先を見る。赤星先輩が無邪気な子供のような表情で、マウンテンバイクをためつすがめつ眺めていた。

健太はマウンテンバイクを街乗り用として使っていた。フレームにはドリンクホルダーが取り付けられている。事故の衝撃で流れ出たのかわからないが、ドリンクホルダーに挟《はさ》まれているペットボトルは空っぽのようだった。

「触ってねーよ」

「とにかく近づかないでください」

だが、赤星先輩は無視する。

「オレ、生で見るのは初めてだからよくわからないんだけどさ、こういう事故調査ってどれくらいの時間がかかるもんなの？　やっぱ夜通しやるのかな」

「すぐに終わると思いますよ。そもそもこれは悪質なひき逃げ事件ではありません。軽微《けいび》な交通事故です。犯人はすでにわかっていますからねえ」

軽微？　犯人？

俺はカチンときた。怒りが爆発しそうなのを堪《こら》え、警察官に突っかかる。

「老女が死んだら軽微じゃないですよ。それに健太はまだ犯人と決まっていません。はねた証拠、あるんですか？　今のところは状況証拠ですよね」

「ええ。でも、通報してくれた方がいます」

「その人、目撃者ですか？」

「いいえ。ただの通報者ですが」

適当な受け答えをする警察官だな。冤罪《えんざい》がなくならない理由がわかったような気がする。

「ちなみに、その通報者は？」

俺が聞くと、警察官は、

「あちらにいますが」

と手のひらで指し示した。

「ウブ平、後はオレたちに任せな」

そう言って明王が、切り込み隊長よろしく井戸端《いどばた》会議をしている野次馬のおばちゃんたちに突進していく。こういうときの明王は実に頼もしい。光司と幸広も続き、聞き込みをサポートする。

そんな三人を尻目に、赤星先輩は相変わらずマウンテンバイクを眺めていた。

「コレ、かっけーな。ウブ平、どこで買ってあげたの？」

「俺じゃありません。母です」

「へー。お前の母さん、センスあるな」

この状況でする会話じゃないだろう。

俺は赤星先輩を無視し、怒りの矛先を改めて警察官に向けた。

「訂正してください。犯人という言葉。証拠がないのに健太を犯人と決めつけるのはどうかと思います。知らない誰かが乗っていたかもしれないじゃないですか！」

警察官が「プッ」と噴き出す。

「これは失礼。で、知らない誰かって？」

「わかりません。だから調べてほしいんです」

「いちおう所轄《しょかつ》の交通課が臨場《りんじょう》するので、実況見分《けんぶん》が行われると思いますよ」

「当然、指紋の有無も調べますよね？　知らない誰かの指紋が見つかれば、必ずしも健太が犯人とはいえないのではないでしょうか」

「わかりました。交通課の鑑識に同期がいるので、指紋を徹底的に調べるよう、それとなく頼んでみましょう」

ほどなく、白と黒のツートンカラーのワゴン車が到着した。

ライトブルーの作業着を着た交通鑑識係員たちが慌《あわ》ただしく下車すると、一丸となって事故現場の調査を始めた。現場の写真を撮影したり、自転車のブレーキ痕《こん》を測定したり、きびきびと動き回っている。

赤星先輩は興味津々《しんしん》な目をしていた。俺もこんな近くで見るのは初めてだった。

と、明王、光司、幸広が聞き込みから戻ってきた。

「第一発見者は麦わら帽子をかぶった農家のおばあちゃんだ。農作業の帰りにたまたま、うずくまっている健太くんと被害者の老女を見かけたらしい」

明王に続いて、光司が報告する。

「そのおばあちゃんは事故現場の近くに住む知り合いの中年女性の家に駆け込み、状況を説明した。中年女性は現場を確認した後に、急いで救急車の手配と通報をしてくれたってわけ」

最後に、幸広。

「農家のおばあちゃん、人参くれたよ。形が悪いから売り物にならないからって」

案の定《じょう》、幸広は事故とは関係のない食べ物絡みの報告だった。まあ、警察官と同じ質問をされて嫌な顔をせずに気分よく話をしてくれたのならよしとするか。

「協力してくれるのは嬉しいけどさ。俺の顔見て言ってくれないかな」

俺はひとつ注文をつけた。

報告は赤星先輩にしているのである。三人とも顔が真っ赤で、酒が抜けていない。そんな状態で聞き込みできたのは、ある意味すごいけど。

「ごくろうさん」

赤星先輩は三人を手なずけていた。約三十年ぶりに再会したというのに。子供の頃の上下関係は大人になっても変わらないのかもしれない。けれど、俺は赤星先輩の手下になるつもりはなかった。

「とりあえず、礼を言ったら？」

赤星先輩が促してきた。俺は通報者の中年女性に近づいていくと礼を言い、頭を下げた。救急車を呼んでくれたことに対して。健太のメンタルも心配だが被害者のほうがもっと心配である。命に別状がなければいいのだが。

中年女性は地方のヤンママといった風貌《ふうぼう》で、長い茶髪をなびかせながら「当たり前のことしただけ」と謙遜《けんそん》して言った。彼女の後ろにはこれぞ田舎のヤンキーという感じの、襟《えり》足《あし》を極端に伸ばしたスポーツ刈りの少年がいて、こめかみや腕に絆創膏《ばんそうこう》を貼っているのが見えた。喧嘩でもしたのだろうか。

「おーい、ウブ平」

赤星先輩の呼ぶ声。「健太くん、怪我なかったって。よかったな」

健太の奴、赤星先輩には心をすぐに開いたんだ。へえー。赤星先輩はどのような魔法の言葉をかけたのだろう。俺は感心したのも束《つか》の間《ま》、健太がすすり泣き始めた。

「赤星先輩、何言ったんですか！」

「別に。ちょっと励ましただけさ。何も心配いらないって」

疑わしい……。

俺は険しい表情でじわりと詰め寄っていく。赤星先輩は俺の足が一歩進んだぶんだけ後退する。俺が前に出て、赤星先輩が後ろに下がる。それの繰り返し。いたちごっこの様相を呈《てい》しているうちに実況見分が終わった。後ずさりしながら見ていた赤星先輩が「あれ？」と首を捻《ひね》った。それを見て俺も頭を傾ける。

「ちょっとよろしいですか？」

リーダーらしき鑑識係員が俺に声をかけてきた。

「息子さんの話、今聞けます？　調書を作成したいので」

その日は終日、俺は健太と共に警察の捜査協力に追われた。


後日、憎々しい若い警察官から俺の実家に連絡があった。

『指紋、息子さんのしか検出されませんでした。知らない誰かって誰なんですかね。もしかして幽霊とか。あの現場、ホラースポットなんですって？』

笑えない冗談を言った後、ブチッと通話が切れた。ホント、失礼な警察官だ。

千香子が「誰から？」と聞いてきた。妻には指紋鑑定を無理矢理に依頼したことは伝えていない。言うべきか迷ったが、俺は正直に話した。

「警察の心証悪くしてどうすんのよ！　被害者が死んだら間違いなく刑事事件になるのよ。起訴されたら裁判になるかもしれないし、私たち圧倒的に不利だわ」

大袈裟《おおげさ》だなあ。俺が国家権力に楯《たて》突いたのはあの若造の警察官だけで、その他は全面的に協力した。仮に被害者が死亡したとして、多額の損害賠償を支払うことになったとしても、お金のことはなんとかするつもりだ。先祖には申しわけないが、青松家が代々守ってきた土地を売却しようと思う。

「そもそも、あなたが田舎に帰るなんて言い出さなければこんな事故は起きなかった。私たち加害者家族になるのよ！　犯罪者一家よ！　そうなったら離婚よ！」

俺は理解した。不利なことって社会的影響だ。どんな悪影響が及ぶのか想像がつかない。

「僕、犯罪者になるの？」

背後から健太の声が聞こえた。俺は振り返ると、居間の出入り口に健太が涙目で立っていた。健太の隣には若葉もいる。二人ともいつの間に学校から帰ってきたのだろう。

「ち、違うのよ」

千香子が両手を前に出し、全力で否定する。

若葉は「違うって？」とよくわからないといった顔をした。

俺は、健太が人身事故を起こした事実を話していなかった。若葉は小学生の女の子だし、心配をかけないほうがいいだろう。千香子と相談してそう決めたのだ。

「犯罪者一家なんて嫌！」

そう言うと、若葉は二階に上がっていった。千香子が後を追い、階段を駆け上がる。気がついたら健太はいなくなっていた。

俺は慌てて表に飛び出すと、白いワンボックス車が家の前に停車した。スライドドアがゆっくりと開く。職員に手を引かれて母君江が降りる。デイサービスから戻ってきたのだ。俺は職員と入れ替わるように母の手を掴み、軽く会釈《えしゃく》した。運転手がエンジンを始動させると車はゆっくりと発進した。

「母さん、健太見なかった？」

「見たよ、走っていくのを。また千香子さんと喧嘩？　喧嘩するほど仲が良い、っていうけど……特に夜中。よく言い合いしてるだろ。わたしが知らないとでも思ってるのかい？」

母が寝ている間、俺は声のトーンを下げていたつもりだが聞こえていたとは思ってもいなかった。母は俺の手から離れ、庭に一本だけある大きな梅の木をしみじみと見つめた。

「梅は食うとも核食《さねく》うな、中に天神寝てござる」

「なんだい唐突に。諺《ことわざ》？　どういう意味？」

耳にしたことはあるが、詳しくは知らない。呆《あき》れたような顔で母が説明する。

「核とは種のこと。俗に天神様という。天神様はかの有名な菅原道真公を指す。意味は生梅の種には毒があるから食べてはいけない。腹痛や中毒を起こす恐れがありますよ、ってとこかな」

「そのまんまじゃないか」

「直訳ではね。実はこれ、戒《いまし》めの言葉なんだよ。種の中には天神様がおられるので、食べると罰が当たりますよ、って」

俺には思い当たるフシがあった。生梅ではないが、梅は梅だ。罰が当たったのだろうか。

「純平にとって、天神様とはなんだい？」

母が真摯《しんし》な目で聞いてきた。考えたこともなかったがすぐに答えは出た。俺にとっての天神様……家族だ。

5

一体どこにいったんだ？

俺は健太を探しながら、ふと思った。犯人は現場に戻る。その心理が高い確率で当たるとすれば、そこにいるかもしれない。もちろん、現時点で健太を犯人だと決めつけてはいけない。起訴され、罪が確定していないからだ。

事故現場の丁字路にやってくると、健太がいた。なぜか赤星先輩と一緒に。赤星先輩は液体が入ったプラスチック製のスプレー容器を持ち、シュッと地面に噴霧していた。次に、噴霧した箇所を黒い布切れで覆い、中に顔を突っ込んで何かを確認する。それを繰り返している。その様子を健太はじっと眺めていた。

光司がこの場にいるのも気になった。赤星先輩が呼んだのだろう。雑学好きなだけに。光司も赤星先輩の作業を見ていた。俺は「よっ」と光司に挨拶すると、赤星先輩に近づきながら「何やってるんですか?」と尋ねた。

「ルミノール反応の鑑定」

「赤星先輩、素人じゃないですか」

「バーカ。素人でも簡単に扱える実験キットがあるんだよ」

俺の顔を見ずに赤星先輩が言う。作業に夢中になっている。「便利な世の中になったもんだ。これがネットで買えるんだからな。血痕があると暗いところで青白く光るらしいぞ」

血痕? 老女は後頭部を怪我していたはずだ。

「赤星先輩、それ意味あります? 血痕が見つかったとしても、それは被害者のものじゃないんですかね。健太は怪我をしていないわけだし」

「バーカ。それがそもそもおかしいんだよ。バーカ」

やたらに「バーカ」を連発するので、俺はムカついてきた。

「考えてもみろよ。被害者だけが大怪我をして、自転車に乗っていた人間がかすり傷のひとつもないなんておかしいだろ」

たしかに。健太が無事と聞いたとたん、我が子だけに疑いすらしなかった。盲点である。

俺は確認するように健太に質問した。

「本当に怪我はなかったのか？」

健太はコクリと頷いた。

「ということは、健太は乗ってなかったんだな。なんでそれを早く言わなかった」

間があった後、健太は「言えなかったんだよ」と元気なく言った。

「なんで⁉」

つい強い口調になる。「わかった。真犯人に脅《おど》されたんだな？　誰だ？」

「そのくらいにしとけよ。刑事の取り調べじゃあるまいし」

赤星先輩が諌《いさ》める。「真犯人なら目星はついてるさ。襟足がちょー長いヤンキー」

絆創膏は喧嘩の勲章ではなかったのか。

「ちょっと待ってください。それが事実なら警察がとっくに逮捕してるでしょう」

「してないからこうして今、懸命に調べてるんじゃないか。あいつら、被疑者がわかっているからと、血痕を詳しく調べる必要性がないと判断したのかもしれないな」

あのとき赤星先輩が首を捻ったのは、こうした理由があったのか。

「見つけたぜ」

赤星先輩が喜々として、空いた手で地面を指した。眉をひそめつつ、俺は黒い布切れで覆われた箇所を覗き込んだ。

「ホントだ。青白いものが光ってる」

「たぶんヤンキーの血痕だな。事故当時、ミネラルウォーターで薄め、現場を綺麗に洗浄したみたいだが、見てのとおりルミノール反応が出た」

「ミネラルウォーター？　なんでそんな具体的なものまでわかるんです？」

「ドリンクホルダーに挟まってただろ、空っぽのペットボトル」

言われてみればたしかに。

「しかも逆さま」

「え」

その事実には気づいていなかった。赤星先輩の観察眼には恐れ入る。

「健太くんが買ったそうなんだが慌てて真犯人が挟んだとしか考えられない。オレ、疑問に思ってたんだよ。加害者の血痕がないことに。だから調べることにしたんだ」

人差し指で地面を示しながら、赤星先輩が補足説明する。

「ぶつかった反動で加害者の身体が投げ出されたとしたらこのへんか。マウンテンバイクを挟んで、老女が倒れていた場所から同じくらいの距離だな。ところで、指紋はどうだった？」

「健太のしか検出されませんでした」

「ということは、真犯人が拭き取ったんだな。指紋が付着していると思われるところを。そしてその後、健太に改めてハンドルを握らせた、ってとこか」

俺は健太に顔を向けた。健太が「うん」と小さな声で返事をする。

「こりゃあ、真犯人一人の仕業《しわざ》じゃないかもしれないぞ。共犯か、入れ知恵した人間がいるはずだ。おそらくそいつは母親だろう」

茶髪ロンゲのヤンママか。第一発見者のおばあちゃんが彼女の家に駆け込んでこなかったらそのまま放置していたかもしれない。「当たり前のことをしただけ」と謙遜していたくせに、かなりのワルだ。許せない。絶対に許せない。

「さてと」

赤星先輩は、ルミノール反応実験キットを俺に差し出してきた。「後のことはウブ平に任せた。じゃあな」

俺は感謝する一方で、大いに反省した。赤星先輩の顔を二度と見たくないと思った自分を。同時に、明王、光司、幸広が赤星先輩を慕う理由がわかったような気がした。おそらく三人も助けてもらったことがあるのだろう。絶体絶命のピンチを赤星先輩に……。

「よかったな」

光司がポンと俺の肩に手を乗せた。「ウブ平は嫌ってるみたいだけど、あんな良い人いないと思う。今だから言うけど、生徒会執行部にいたとき、どうして赤星先輩はウブ平に厳しくあたっていたと思う？　ウブ平に期待してたんだよ。オレの後を継ぐのはウブ平しかいない。次期生徒会長はウブ平だ。オレを反面教師に素晴らしい生徒会長になってほしい、とよく言ってた」

反面教師というのは当たっている。

「ウブ平はチャラいところもあるけど、根は真面目で正義感は強いほうだろ。組織の一員としてしゃにむにがんばるほうだろ。それを赤星先輩は見抜いていたんだ」

俺は去りゆく赤星先輩の背中に、大きく一礼をした。


その日のうちに、俺は通報した。直ちにヤンキーとヤンママは警察署に連行され、取り調べを受けた。依然として老女は意識不明でどのような処罰が下されるのかわからないが。

翌日、あの嫌味な若い警察官がわざわざ俺の家までやってきて、失礼な態度をとったことを謝罪した。俺は渋々と許すことに。警察官の話によれば、事故現場の偽装工作を指示したのはヤンママだった。赤星先輩の見立てどおりである。

あの日、ヤンママも再放送の刑事ドラマを見ていて、それにヒントを得たらしい。健太が事件の真相をすぐに明らかにしなかった、というより、できなかった理由もわかった。脅迫《きょうはく》だった。奇しくもヤンキーは健太が通う中学校のクラスメイトで、いじめっ子。「東京生まれの東京育ちが気に入らねえ」という理不尽な動機だけで、健太は転入早々に目をつけられたという。そして事故直後、母親に言われるがままにヤンキーはこう脅した。

「俺たちは天下無敵の十四歳未満。刑務所に入ることはない。安心しろ」

「身代わりになってくれたら二度といじめない」と。

夕方、俺が家族揃って買い物に出かけようと思い、身支度を整えていたところ、被害者が入院している病院から思いがけず電話を受けた。親切な看護師さんだった。通話を切り、ほっと胸を撫《な》で下ろす。

「被害者のおばあちゃん、意識を回復したって。頭の打ちどころが悪かっただけだって」

千香子は安堵《あんど》の表情を浮かべた。そばで聞いていた健太と若葉も嬉しそうに目を細めている。

「これでいじめっ子も健太にはますます頭が上がらないだろうよ」

高座椅子に座っている母君江が、勝ち誇ったような顔で言った。

「どういうことだよ。被害者のおばあちゃんの意識が戻ったのは別に健太のおかげじゃないだろう」

「そうじゃないよ。保険に入っておいたんだよ。いまどきは自転車も半強制的に保険に入らなくちゃいけないだろ。別に当たり前じゃないか。純平や健太の友達が乗ることがあるかもしれないだろ。その保険、自転車の所有者以外でも有効なんだって。被害者には見舞金も支払われるそうだよ」

君江は自慢げにそう話した。

俺は居間に戻ると、「ありがとう」と母に言った。少し照れくさかったが。

千香子も「お義母さんありがとうございます」と頭を下げる。妻が母に感謝の言葉を述べるのは珍しい。

「礼には及ばん」

素っ気《そけ》なく言うも、母の目尻は下がっていた。「純平、よかったじゃないか。天神様を守ることができて」

俺は決意を新たにした。青松家の大黒柱は自分。もっとしっかりしなければ、と。

「天神様って？」

千香子が質問してきた。俺は向き合い、真面目な顔つきになる。

「俺、突っ張るのはやめようと思う」

「突っ張る？　意味がわからない」

「プライドを捨てるってこと。再就職先を探してるけど、大企業で働いていたというプライドが邪魔をしてちっとも良い仕事が見つからない。でもそんなんじゃダメだと思うんだ。なんでもいいから早く職に就いて家族を安心させたい。昨日とは違う生き方見せたいと思う」

決まった、と俺は思った。だが――。

「なんでもいいなんてダメよ。まさか新聞配達や清掃をやるって言うんじゃないでしょうね」

「その仕事をしている人に失礼だろ。職業に貴賤《きせん》はないんだから」

千香子は唇をすぼめるも、ムキになって言う。

「でもあなたはダメ。給料の良い仕事じゃなきゃ。マンションも高級車も手放した今、売るものは残ってないのよ。これ以上、生活レベルを下げられない」

なぜだかわからないが、青松家は女が強い。母しかり、亡くなった祖母しかり。俺の人生は千香子の判断に委《ゆだ》ねられるのだろうか。そう思うと急に空しくなった。家族に、とりわけ妻に対する愛にブレーキがかかる……俺はまた軽いめまいがした。

同時に、バイクの後ろに乗せた女の子の顔がフラッシュバックする。

千香子？　マドンナ美保？

ぼやけていた顔が徐々に鮮明になる……千香子だ。俺は家族を幸せにすると誓った。

かかあ天下でも構わない。


俺が国道沿いにある大型ディスカウントストアで若葉と健太を連れて買い物していたところ、赤星先輩、美保、蘭と鉢合わせした。

「奇遇だな、ウブ平」

「ホント奇遇ね。ウブ……じゃなかった純平くん」

「おっさん元気？」

蘭が悪気なく言い、上目遣《づか》いで見る。

「こら、おじさんだろ」

赤星先輩がたしなめると、蘭は「はーい」と大人《おとな》しくなった。

「先日はありがとうございました」

俺は赤星先輩に会釈するや、ふと思った。やっぱり二人は付き合っているのでは？　良い雰囲気なのだ。

「お父さん、ウブ平って呼ばれてるの？」

若葉が「ププ」と笑う。

赤星先輩に心を開いていたはずの健太はどういうわけか俺の後ろにサッと身を隠した。はたと俺は思い出した。突然、すすり泣き始めた健太を。

「この間、やっぱり健太に何か言ったんですよね？」

俺は疑わしい目で見ると、赤星先輩はとぼけた顔をした。

「ちょっと励ましただけって言っただろ。何も心配いらないって。オレはただ、お前の武勇伝を教えただけさ。それに比べれば、事故など恥ずかしくない。元気を出せってな」

「武勇伝？」

若葉が真っ先にくいついてきた。赤星先輩が意味深《しん》な笑みを浮かべる。

「なんとコイツ、中学二年にもなってうんこを漏らしたんだよ」

「それは言わない約束でしょ！」

忘れもしない文化祭が終わった直後の、生徒会執行部の打ち上げ。不満たらたらで飲まずにいられなかった俺は、コーラを浴びるように飲み、結果、みなの前でお腹をゴロゴロと下したのだった。それ以来、赤星先輩が中学を卒業するまで言いなりになったのは言うまでもない。

「やだーお父さん。ありえなーい」

若葉が腫れ物に触るように、しっしと手で追い払う仕草をする。

「そんなこともあったわね」

美保は思い出したような顔になり、「ふふ」と微笑《ほほえ》む。

それにしても、この事実を知って健太が泣く理由がわからない。俺は率直に尋ねた。

「なあ、健太。どうして泣いたんだい？」

「そんなお父さんの子なんだなって思うと、なんか悲しくなって」

遺伝と思われたのかもしれない。俺も悲しくなる。

と、千香子が手洗いから戻ってきた。

「赤星先輩じゃないですか！」

千香子は赤星先輩の顔を見るや、懐かしそうに顔をほころばせた。「変わらずにカッコイイですね！」

「おー柳原《やなぎはら》。久しぶりだな」

千香子の旧姓は柳原。

「ていうか、お前ら夫婦だったの？」

知らないのも無理はない。結婚式は身内だけで済ませたのだから。

「そうなんですよー。主人がどうしても、って言うから」

「やだーお父さん。ありえるぅ〜」

若葉が茶化《ちゃか》す。

「だからお母さんのほうが強いのね」

美保が横から口を挟んだ。

「あら、白百合先輩もいたんだ」

気づくなり千香子はつれない態度をとった。

こうなるのがわかっていた俺は、美保に会ったことをあえて伏せていた。

千香子は中学時代、赤星先輩に好意を寄せていたのだが、赤星先輩と美保が付き合い始めたと知るや、彼女を逆恨《さかうら》みしたからだった。俺は千香子と同じクラスだったので、本人に直接聞かなくとも、千香子が美保を嫌っているらしいということは容易にわかった。

未だに根に持ってるとはねえ……俺は呆れると同時に、千香子が田舎暮らしを嫌がった一番の理由は美保と顔を合わせる恐れがあったからでは？　と思った。

一方、美保はこめかみを掻《か》き、どうしたものかと視線を投げてきた。俺は片手を顔の前に出し、ごめんなさいの仕草をする。

「パパー、アイスクリーム食べたい」

蘭の言葉に、渡りに船とばかり美保は乗っかり、「わたしも」と赤星先輩の腕をつつく。

「じゃあオレも食べるか」

赤星先輩は微笑んで蘭の手を握り、思い出したような顔つきになると、ジャンパーの内ポケットに手を突っ込み、紙切れを差し出してきた。俺は受け取り、「なんです？」と四つ折りの紙を開いて見た。その瞬間「えっ」と目が点になった。

「面白そうだろ」

赤星先輩が意味深な笑みを浮かべた。

「アイドルやろうぜ。今度はマジで」

耳打ちし、赤星先輩が去っていく。後ろ姿のまま「もう応募したからな」と逃げられないようなダメ押しを言って。

「応募って？」

千香子に質問されたが、俺はスルーした。とてもじゃないが恥ずかしくて言えない。妙な胸騒ぎというのは、本当はコレだったのだ。

翌日から俺は、ジョギングを日課とすることに決めた。

――アイドルやろうぜ。今度はマジで。

この発言を意識して、何がなんでもアイドルになりたいと思ったからジョギングを始めたのではない。近いうちに赤星先輩から「練習するぞ」と声がかかり断れないことを想定し、体力をつけておこうと思ったのだ。もちろん家族にはそんなこと言えないので、「再就職へ向けての体力作り」と嘘をついた。

走り始めてから十分も経たないうちに俺は喉がカラカラに渇き、身体全体が疲れてきた。こんなに体力がないとは思わず、我ながらびっくりする。道路沿いにポツンと置かれている飲料水の自動販売機を見つけると、迷わずに向かった。

ちょっと休憩しよう。スポーツドリンクを購入すると、座るところがないので仕方なく地べたに座り込み、水分補給をした。

「うんめえ。生き返るわ」

そう言うと、赤星先輩から受け取った四つ折りの紙をウエストポーチから取り出した。雑誌に掲載されていた募集広告をコピーしたもののようで、衝撃の見出しが躍っていた。

【歌って踊れる四十五歳以上の男性限定！　イケてるミドルアイドルコンテスト】

アイドルか……。

千香子に「なんでもいいから早く職に就いて家族を安心させたい。昨日とは違う生き方見せたいと思う」「仕事に貴賤はないんだから」と言った手前、がんばらねば男がすたる。

しかし……いまさらアイドルを目指すってどうなの？

そう思いつつ、俺は募集内容を熟読する。

【主催者はアイドルのプロデューサーとして日本一有名な男】

【賞金は一千万円】

【大手芸能プロダクションとレコード会社の全面バックアップによりメジャーデビュー】

すごい。よくこんなイベントを考えたなあ。

しかし……果たして俺になれるのか？

——でもあなたはダメ。給料の良い仕事じゃなきゃ。

千香子の言葉がリフレインする。

待てよ。アイドルは給料の良い仕事だぞ。

売れたら、という条件付きだけど。

所属する事務所が安月給の給料制でなかったらだけど。

——でもあなたはダメ。給料の良い仕事じゃなきゃ。

千香子の言葉が再びよぎる。

なんだ？……何かの暗示か？……。

千香子……健太……若葉……母さん……。

よし、腹を決めた。

いっちょやってやるか。

俺は立ち上がると、スポーツドリンクの入ったペットボトルをマイクに見立てて片手で持ち、昔を懐かしむようにマッチョの歌真似を始めた。

「明日こそ千香子を幸せにしてやる～！」

第二話　あなたに会えて幸せだった　～緑谷光司の巻～

1

まいったな。

私は郵便受けに入っていた封筒をその場で開けて見て溜息をついた。築上町図書館が募集していた図書館司書に不採用となったのだ。純平の前では「私は悲壮感だ」と強がっていたものの、現実を目の当たりにすると悲愴感でいっぱいになる。

ネットで調べると、図書館司書は他県でもたくさん募集していたが、実家からほど近い勤務地にこだわったのは理由がある。社会的に深刻化している空き家問題が他人事《ひとごと》ではなくなったからだ。

一年前に一人暮らしをしていた父親が亡くなり、実家が空き家になった。曾祖父の代に建てられた古い戸建ての家。祖父も父も私もこの家で生まれ育った。

浴室は今どき珍しい五右衛門《ごえもん》風呂。薪《たきぎ》を燃やす直火《じかび》焚きだ。玄関から十メートルほど離れたところにあり、雨の日は傘を差して移動しなければならない。子供の時分は面倒だったが、成長するに従い趣《おもむき》を感じるようになった。

台所は土間。居間から台所、台所から居間への移動もちょっと面倒臭い。サンダルを履かなければならないからだ。これもまた年を取るにつれて風情《ふぜい》を感じたものである。

この思い出の詰まった古びた一軒家に、私は愛着があった。だから父が亡くなったとき、家を取り壊すことなど考えもしなかった。リタイアした後に故郷に戻り、のんびりと暮らすつもりでいたからである。

ところが、リストラの宣告を受けてほどなく、父に万が一のことがあった場合に備えて連絡先を伝えていた実家のお隣さんから、思いがけず苦情の電話を受けた。

「お宅の雑草が伸び放題でウチの敷地内に侵入してきたのよ」とか。

「空き家にネズミとゴキブリが増えたみたいでウチも被害を受けているのよ」とか。

父が亡くなって一年あまりでこんな事態になるなんて。すぐに実家を適切に管理しないと老朽化による倒壊の危険が増し、さらなる害獣・害虫の温床になるのは間違いない。

なんとかしなければ……そう思って、私は故郷に戻ってきた。幸い、ひとつ年下の妻曜《よう》子《こ》と小学五年の一人娘芽衣《めい》は反対しなかった。二人とものんきなところがあってせかした都会の生活よりも田舎暮らしのほうが性《しょう》に合っているかもしれないという。妻も娘も高望みしない性格で「生活に困らないだけのお金があれば充分よ」と言ってくれたときには涙が出そうになった。

理解ある家族のため、私は職探しに藁《わら》にもすがる思いだった。大学時代のアルバイトは図書館。居心地が良いものだから社会に出ても図書館司書の仕事しか就いたことがない。給料は安いが、各種社会保険は完備。雇用期間の定めはあるけれど、原則更新。非常勤職員は地位が不安定とはいえ、よほどの事情がない限り解雇になることはない。

なのに、まさか私が雇い止め解雇の通告を受けるとは……。

白百合亭で赤星先輩に再会したあの日、「実は相談したいことがあるんですよ〜」と恥を忍んで媚びるようにすり寄ったのは、もちろん図書館司書についてである。赤星先輩の父親は町議会議員を務めるなどいわゆる地元の名士で、口利きしてもらえないかと考えたのだ。そうした外部の有力者からの働きかけがずるいことは承知している。だが、コネを利用して何が悪い。失業中の身の上だけに私は開き直っていた。

すべては家族のために。

しかし、赤星先輩の父親がジャワ島に移住したことを知り断念した。うまくいかないものだなあ、と。私は遠方の図書館司書を目指すか、別の仕事を探すべきか、悩んでいた。そんな気分が落ち込んだときは決まっていくつもの手紙に目を通した。小学五年の頃にしていた文通で、今では読み返すことが習慣になっていた。内容を知られるのが恥ずかしいため家族には内緒である。居間の押し入れの奥にこれら文通の手紙を詰め込んだ、元は焼き海苔《のり》缶の入った贈答用の大きな箱を見つけたとき、淡い思い出が蘇ってきた。

相手は【名古屋のピョンピョン】。

私は【福岡のモナカ】と名乗った。

きっかけは、新聞の文通コーナー。相手の年齢は十五歳。サバを読んでいなければ私より五歳年上。自己PRに「アイドル好きです。特に吉沼浩二《よしぬまこうじ》のファンです」とあった。その頃の私は、大泉《おおいずみ》うさこのファンだった。だから惹《ひ》かれるものがあった。私が【福岡のモナカ】というペンネームにしたのは、吉沼浩二のデビュー曲にちなんだのは言うまでもない。【名古屋のピョンピョン】は軽妙な筆致《ひっち》ですぐに返事をくれた。

この文通の良いところは、文通事務局を通じてやりとりするので身元がバレないこと。当然、お互いの本名も知らない。だが私は小学五年ということだけは正直に告げた。あいつはかわいい年下の男の子。ペロリンキャンディーズの歌にあるように、彼女がそう思ってくれたかどうかはわからないが、文通は週一ペースで続いた。

私は心配性だったので簡易書留料金分の切手と、「簡易書留で転送してください」というメモを毎回必ず入れた。簡易書留は原則手渡しなので安心だ。

さらにもうひとつ私がこだわったのは、彼女が知らないと思われる吉沼浩二情報を添えること。例えば「休日は八百屋で新鮮な野菜を買ってきて、それを食べてから街に出かけるらしいよ」といったふうに。

吉沼浩二が出演するテレビやラジオは彼女もチェックしていて、そこから得られる情報を手紙に書いても意味がないと思い、私は雑誌に的を絞った。といっても、彼女が読んでいそうな週刊明星《みょうじょう》や週刊平凡などのアイドル雑誌ではない。大人向けの雑誌だ。本屋で立ち読みしては吉沼浩二に関する記事を探し、メモをとる日々が続いた。書店の親父に露骨《ろこつ》に嫌な顔をされたけれど。

そうした努力が実ったのか「ありがとう」の言葉の後にハートマークが付くようになった。その事実が嬉しくて「ここだけの話」と純平に話したところ、冷やかされ、クラスのみなが知るところとなった。「さすがマダムキラー」と揶揄《やゆ》され、イラッとした。たちまち学校中に噂が広がり、赤星先輩の耳にも入った。「お前も水球を始めたらどうだ?」「バク転の練習したほうがいいんじゃないか」などとからかわれる始末。ほっといてくれ。何度そう思ったか。

半年ほど経った頃、別れは突然に訪れた。返事がこなくなったのである。

事故？　重い病気？

それとも……彼女を傷つけることを書いたのだろうか。

やがて私も手紙を書くのをやめた。

それでも【名古屋のピョンピョン】を忘れることはなかった。だから大学進学は名古屋と決めた。初恋の人に会うために。住所は知らないが、文通を交わすうちに所在を匂わせるような文言を引き出すことに成功していた。いつか会う日がくることを信じて。

しかし結局、居所《いどころ》はつかめなかった。あと一歩というところで。彼女が住んでいたと推測される家屋《かおく》には別の人がいたのだ。その人は、前の住人のことは「知らない」と言ったので、近隣の住民に聞き取り調査をした。

「このあたりに、うさことという名前の女性はいませんか？」

ある意味、賭《か》けだった。【名古屋のピョンピョン】の本名がうさことという確証はなかったからだ。根拠はないが私には自信があった。手紙の文面から、彼女が真面目な性格で正直者に違いないと思われたからである。

とはいえ、やっぱり不安だった。果たして近所付き合いはあるのだろうか、と。この一帯は私の故郷と違って都会だからだ。不安は当たり思うように調査は進まない。そんな中、髪を紫色に染めたおばちゃんから貴重な情報を入手した。【名古屋のピョンピョン】と思われる女性の名前がついに判明したのである。

佐藤宇沙子。二十三歳。

読みはズバリ的中。当時、私は十八歳。五歳年上ということも同じだ。おばちゃんによると、佐藤一家は十年ほど前に東京から移り住んできて、両親は近所付き合いが悪いというか、祭りや縁日といった地元の行事に顔を出さない人だったらしい。そういう家庭の方針だからなのか「子供たちもイベント事に参加しなかっただぎゃ」と答えた。

ちなみに、佐藤宇沙子については、何回か見かけたことがある程度。年齢を知っているのはおばちゃんの孫と同じ学校に通う同級生だから。もっとも孫は佐藤宇沙子と親しかったわけではなく、それ以上の情報は皆無だった。そして、理由は不明だが、半年前に佐藤家はひっそりと引っ越したそうだ。半年前といえば、大学の合格発表の日。なんと運が悪いのか。初恋は実らないというのは本当かも。私はそう思った。ショックはことのほか大きく、この日を境に抜け毛が増えていった。

大学二年目、転機を迎える。曜子と出会ったのだ。私が所属するアイドル研究会というサークルに入部してきた。当然、彼女もアイドル好きで、いろいろと話をしているうちにおっとりとした性格に惹かれていった。

交際を申し込むにあたり「将来ハゲるかもしれない」と告げた。「気にしないよ、そんなこと」と曜子は微笑んで言った。この人しかいない、私はそう思った。人生で二番目に好きな人と結婚すると幸せになれる。これも本当だと思った。失業したときに妻は「そういうこともあるわ」と前向きでいてくれたからだ。

「パパ、何してるの？」

背後から不意に妻の声がした。手紙を持つ手がビクッと震える。振り返ると、曜子が階段を下りたところだった。私は手紙を後ろに隠し持ち、「別に」と何事もなかったかのような平然とした顔をする。遅れて、娘の芽衣も二階から下りてきた。

「ちょっと休憩。喉乾いた」

と言って、芽衣は冷蔵庫から麦茶を取り出して二つのコップに注ぎ、ひとつを曜子に渡した。

早いもので七月になった。引っ越してきてから三ヵ月が過ぎた。その間、一階の掃除に追われた。亡き父は片づけが苦手で散らかっていてもなんとも思わない人だったので、家のいたるところにクエスチョンマークな小物が乱雑に放置されていた。たまの帰省では見過ごすことはできても、ここを安住の地に選んだ以上は我慢ならなかった。

家族全員マイペースなところがあり、一階の整理整頓を完了させるだけで二ヵ月以上かかった。二階にはたくさんの柳行李《やなぎごうり》が足の踏み場もないほどに置かれていて、住居というより物置と化していた。また二ヵ月かかると思うとげんなりするが、それも覚悟の上だ。隣家からクレームがこないよう、この古びた家を綺麗にしなくてはならない。リフォーム費用の捻出《ねんしゅつ》ができないだけに。

曜子は麦茶を飲み終えると、「何コソコソ見てるの？」と珍しく険しい目つきになった。

「こっちにきてからずっと。しかも金庫にしまって」

焼き海苔缶の箱のままだと勝手に見られる恐れがあったので、私は安物だが急ぎ手提げ金庫を購入した。曜子には「それ、親父の」と嘘をついたが、バレていたとは。だが、手紙の内容まではバレていないようである。嘘を突き通すか。

「ひとつ忠告しとく」

表情だけでなく口調もいつになくきつい。

「わたし、怒ったら何するかわからないから」

自慢じゃないが、夫婦喧嘩は一度もない。それだけに、妻がブチ切れたらどういう行動に出るのか想像がつかない。私はこめかみを掻いた。

「わたしも忠告しとく」

芽衣が妻の口調を真似る。「ママを悲しませたら、わたしも何するかわからないから」

私は首を捻った。

曜子が怒る？　悲しむ？　一体どっち？　意味がわからない。

それはさておき、芽衣も妻に同調するなんて、またかよ！　と思う。

実は芽衣は、特別養子縁組で赤ちゃんのときに迎えた女の子だ。婦人科系のガンのために子宮と卵巣を摘出した曜子にとって、芽衣は何ものにも代えがたい存在なのだろう。芽衣に初めて会ったとき、彼女は小さなうさぎのぬいぐるみを抱き、すやすやと眠っていた。施設の職員に聞いたところ、捨てられた母親から授かった唯一のものだという。曜子は運命めいたものを感じたのか、

「亡くなった宇沙子お姉ちゃんの生まれ変わりに違いない」

そう言って、目を輝かせた。私は芽衣を養子に迎えることに異論はなかった。

曜子はどこへいくにも必ず娘と一緒だった。そんな母の一挙手一投足を見て育ったからか、芽衣は曜子に性格が似たのかもしれない。

私も妻と同じくらい娘に愛情を注いだつもりだが、悔しいことに、家族で何かをするにあたり意見が分かれたときは決まって、芽衣は曜子の味方をした。その逆もしかり、曜子も常に芽衣に同調した。

つまり私は、家族の中でいつものけもの。こっそり文通の手紙を読み返すくらいのことはいいじゃないか、と思う。

と、「書留郵便でーす」と伸びのある声が聞こえた。私が玄関に出ると、赤星先輩が郵便配達員の制服を着ていた。水色をベースにした紺色のデザインが妙に似合っている。

「よー、マダムキラー」

赤星先輩に会うのはおよそ一ヵ月ぶり。唐突に「アイドルやろうぜ。今度はマジで」と言われて以来、音沙汰がなかった。ネットで調べたところ【イケてるミドルアイドルコンテスト】なるものは本当に存在したのでちょっとびっくりしたが、きっと冗談だったのだろう。

赤星先輩が郵便物を差し出してきた。私は受け取りのサインをする。

「就職したんですか？」

「いや、ただのバイト。三日前からベテラン配達員の一人と連絡が取れなくなったとかで、椎田郵便局から急遽《きゅうきょ》、オレにお呼びがかかったってわけ」

「なんで赤星先輩に？」

「昔お世話になった先輩がいてさ、頼まれたんだよ。一日中ごろごろしているとヒロブーみたいに太りそうだし、週三程度ならいいかな、と引き受けたんだ。椎田の土地勘もあるしね。だからというわけじゃないが、このとおり初日から一人で配達よ。オレってスゲーと思わない？」

いつもの気取った調子で笑いながら話す。赤星先輩は昔から人付き合いが上手だった。普段はやることがハチャメチャで、周りの人を振り回すことが多かったけれど、困り事があると親身になって全力でサポートしてくれた。そんな器の大きい人だから、地元には老若《ろうにゃく》男女《なんにょ》問わず幅広い世代の知り合いが今も多くいるのだろう。私は赤星先輩が羨ましかった。

バイトとはいえ、こうしてすぐに仕事が決まるのだから。

中学の文化祭で赤星先輩の命令を断れなかったのは精神面で助けられたことが大きい。【名古屋のピョンピョン】からの返事がこなくなったことをポロリと打ち明けたときのことだ。「フラれてやんの」とバカにされると思っていたが、「オレが文通事務局に文句言ってやる。お前らちゃんと仲介してるのかって」と逆に励まされた。

さらに驚くことに、赤星先輩は文通事務局のある東京まで単身乗り込んでいった。当時、小学六年の男の子が、である。しかも【青春18きっぷ】を使い、普通列車で上京した。「冬休みを利用した卒業旅行のついでだから」

と赤星先輩は謙遜していたが、その心意気に私はいたく感謝した。

結局のところ、文通の手紙が届かない原因は謎のまま終わった。文通事務局は彼女からの手紙を間違いなく私の元へ転送したという。そうなると考えられる原因は郵便事故しかなかったが、当時の私にはその発想はなかった。それまで一度も誤配することなく手紙は届いていたのだから。

「話聞いてる？」

赤星先輩に顔を覗き込まれ、私は我に返った。

「すいません。考え事をしてました」

「おいおい大事な話だぞ。今朝コンテストの結果が届いた。しかも書類審査、通過だ」

冗談ではなかったのか。

私は目を剝《む》いた。赤星先輩は証拠とばかり、コンテスト事務局からの封筒を見せる。

「な、本当だろ。みんなの奇跡の一枚のおかげだな。こっそり撮ってたんだけど、見る？」

赤星先輩はスマホを取り出し、私の1ショット写真を表示させた。アイドルの宣材《せんざい》写真のような、はにかんだ笑顔。続けて、純平、幸広、明王を見せてくれた。どれも奇跡の一枚と呼ぶにふさわしい笑顔だった。

「また連絡するよ。じゃあな」

赤星先輩は赤い郵便バイクにまたがり、颯爽《さっそう》といってしまった。軽やかなエンジン音を轟《とどろ》かせて。

まいったな。私はまた溜息をついた。

「知り合い？」

二階に上がったと思っていた曜子が、顔を出した。

「赤星先輩。話したことがあるだろ。トンデモなく困ったちゃんで周囲を振り回すけど、逆に誰かが困ったときには全力で助けてくれるという、ちょっと風変わりな人」

曜子は「ふーん」と言っただけで、赤星先輩との関係を掘り下げて聞いてこなかった。いつもの妻なら、イケメンを見ると「ちゃんと紹介して」と目をきらきらと輝かせて興味を示すのだが。赤星先輩の顔はタイプでなかったのかもしれない。

私は、これから歌とダンスの練習が始まると考えただけで、頭が痛くなってきた。仕事がまだ決まっていないのに。

「書留って何？」

曜子が首を伸ばしてきた。私が裏面を見ると、差出人はなんと【名古屋のピョンピョン】だった。

「え～っ！」

私は思わず素《す》っ頓狂《とんきょう》な声を上げた。消印を見ると、名古屋からだった。曜子が驚きの目を向けるや、芽衣も「何かあったの？」と居間からやってくる。

「ちょっと見せて」

曜子に素早く郵便物を奪われてしまった。「名古屋のピョンピョン？　誰？」

「さあ、いたずらじゃない？」

とぼけた顔をしつつ、私は意地になっていた。嘘を突き通すと決めた以上、とことんそうしてやると。「ほら、住所が書いていない」

「ホントだ。でもとりあえず開けてみない？　いたずらかどうか」

芽衣は言うと、ハサミを持ってきた。私は受け取り、神妙な面持ちでハサミを入れる。二つ折りの便箋《びんせん》が一枚入っていた。開けた瞬間、私は目を疑った。曜子を見ると、「なんで？」と同じように驚いている。

それもそのはず、便箋には何も書かれていなかったのだ。

2

どうして白紙？

私は二階の片づけをしながら、その疑問ばかりが頭をかすめた。その一方で【名古屋のピョンピョン】が自分を忘れていなかったんだ、と頬が緩む。

しかしなぜ今になって手紙を？

もうひとつ疑問が増えたものの、すぐに解決した。あの人は今何をしているのか、そう思って筆をとったのだ。私も返事を出そうと思ったが、肝心の住所がわからない。

「あ」

急いで階段を下り、亡き父の部屋に移動した。今は私の自室で、部屋の壁一面に本棚が並んでいる。本棚には様々な書物が詰まっていた。私の雑学好きは、父の影響を強く受けているといっても過言ではない。

私はノートパソコンで検索した。目当てはもちろん文通事務局。住所が書かれていないのは文通事務局が仲介したのでは？　と思ったからだ。ところが、かつて私が利用していた事務局の名前は見当たらなかった。

気になるあまり検索でヒットした文通サービスの会社に片っ端から電話をかけていった。だけど「存じません」と、なかなか良い回答が得られない。何社目かあたったところで、ようやく知る者が現れた。「その会社ならだいぶ前につぶれたみたいですよ」と。それを聞いた瞬間、私はがっくりとうなだれた。

「どうしたのよ。急に作業を中断して」

曜子がやってきた。「さっきの書留郵便、何かわかったの？」

私は首を左右に振った。

「ママはどう思う？」

「わたしにはよくわからないわ。ていうか、ちょっと気味悪い」

そうだろうか。

何か意図があると思った。意図がなかったら、【名古屋のピョンピョン】は間違えて白紙の手紙を入れたことになる。私はふと思った。文通の回数が増えるのと並行するように、やりとりの途中から彼女の文面には誤字脱字も増えていったな、と。あばたもえくぼという奴で、そうしたミスも魅力のひとつだと、当時はそう思っていた。

だが、今回は白紙。この事実をどう解釈するか。

私は、嬉しさが疑念の気持ちを上回り、自分の都合の良い方向に結論を出した。

彼女は入れ間違えたのだ。おっちょこちょいだなあ。

そう思う傍《かたわ》ら、本来入っていたはずの手紙には何が書かれていたのか気になった。

「名古屋にいこうと思う。いくといっても、ちょっとだけ。すぐに戻る」

私が言うと、曜子は眉間《みけん》に皺《しわ》を寄せていた。

「ちょっとだけ、ですか……じゃあ、わたしも言わせてもらうわ。ちょっと気味悪いというのは、白紙の便箋じゃなくパパのことよ。そういうわけで、わたしのほうこそしばらく名古屋に帰らせていただきます」

言うなり、曜子は居間に向かった。

「どういうわけだよ！」

私は後を追った。だが、曜子はそれには答えず、押し入れから旅行鞄を取り出すと、化粧品や衣類など必要なものを詰め込み始めた。

「あ〜あ、ママを悲しませちゃった」

いつの間にか、芽衣が隣に立っていた。私はまた頭を横に傾ける。

悲しませた？　怒らせたんじゃなくて？

私がいまいち理解できないのは、曜子の動作にある。せっせと詰め込んでいるのではなく、とてもゆったりとしたペースだからだ。鼻歌を歌い、旅行に出かける気分でいるように思える。もともとのんきな性格とはいえ、怒っているふうには見えない。

昼食を挟み、曜子は詰め込み作業を再開した。二時間くらい経っただろうか。曜子はようやく出発準備が完了した。衣服も外出着に着替え、メイクもバッチリだ。

「本当に帰るのか？　しばらくっていつだよ。一ヵ月くらいか？」

私は尋ねた。

「わからない」

「離婚したいのか？」

「わからない」

「さっきからわからないばかり言ってるけど、少しは冷静になれ。そうすればきちんと答えられるはずだ」

「充分に落ち着いています」

「だったらなぜ帰るんだよ」

「それは自分で考えて」

わからないから聞いているんじゃないか。やれやれだ。白状するしかないのか。

「わかった。正直に言うよ」

私はシャキッと背筋を伸ばした。「実は文通してたんだ。小学生の頃にね。金庫に隠してたのはその手紙」

「知ってたわ」

では一体妻は何に怒っているのか。私は理解不能に陥った。

「ママ、お待たせ～」

芽衣も旅行鞄を持って現れた。私は片眉を上げた。

「おいおい、芽衣もか。なんで？」

「だってママ一人じゃ心配だもん」

調子のいい声で言う。「わたし、ママ派だから」

芽衣は目で合図した。曜子が笑顔で受け止める。二人は「じゃ、そういうことで」と口を揃えて言い、家を出ていった。

3

「アエイウエオアオ」

数日後、とある公民館の一室に、赤星先輩、純平、幸広、明王の姿があった。赤星先輩の鶴の一声で集まったのである。初日ということもあり、基礎体力作りと発声練習だけをすることに。まず柔軟体操から始まった。三十分かけてじっくりと身体全体をほぐす。「足首周りを入念に」と赤星先輩がうるさいのでみな従った。

次に公民館の周辺をウォーキング。赤星先輩は事前に一周一キロ程度のコースを決めていて、一同、腕を大きく後ろに振りながら大股で歩いた。ウォーキングの安定した推進力を高めることと、体幹を鍛えることが目的だ。太り過ぎの幸広をシェイプアップさせるために上半身を捻りながらのウォーキングも取り入れた。二週めからはジョギング。三週めはさらにスピードを上げてランニングとなり、三キロで終了。その間、赤星先輩は「今のうちに足首周りを鍛えておくんだ」と、足首周り、という言葉を何度も強調した。そして十分休憩した後、公民館に入り、発声練習を繰り返すのだった。

「よし。次はあめんぼの歌だ」

赤星先輩が音頭を取る。「せーの」

「あめんぼあかいなあいうえお。うきもにこえびもおよいでる。かきのきくりのきかきくけこ。きつつきこつこつかれけやき」

こんな調子でかれこれ二時間が経った。基本が大事なのはわかるが、年が年だけに、同じことを繰り返すのはしんどいものがある。ここは軍隊か、と私は思った。その気持ちはみなも同じなようで、見るからに全身が汗まみれで、へとへとに疲れていた。

「もういいだろう。水分補給をするように」

赤星先輩が言うと、一同、床にあぐらをかき、持参した飲み物を一斉に口につけ、喉を潤した。

「おい、ヒロブー」

赤星先輩がジロリと睨む。「お前、何飲んでる」

幸広はペットボトルのコーラをごくごくと飲んでいた。しかも二リットルサイズ。

「炭酸飲料禁止！」

言いながら、赤星先輩はコーラを取り上げた。「アイドルを目指す者は、これ以上太り過ぎたらダメだ」

「そうかなあ。樽ドルというジャンルのアイドルがいるじゃん」

「お前の場合は樽じゃなくてガスタンク！」

「あ、それ新しいかも。ガスタンクドルって面白くない？　ちょっと言いにくいけど」

幸広はバカにされているのに、平然としている。言葉は悪いけど、彼には能天気という言葉がよく似合う。

「赤星先輩、ちょっといいですか」

明王が手を上げた。「わしもガスタンクドル、面白いと思います。そういうアピールの仕方はアリじゃないかと。ヒロブーは愛嬌がある顔だし、ウケ狙《ねら》いにもってこいですよ。でも、ちょっと言いにくいです。タンクドルでいいんじゃ」

純平も「俺も」と続いたので、私も賛同した。みな疲れきっていて、無駄に議論をしたくないのだろう。

「四対一でボクの勝ち〜」

幸広は勝ち誇った表情をした。赤星先輩は渋い顔をしつつも「わかった」とあっさり降りた。珍しいこともあるもんだな、と、明王、純平、私は目で頷いた。中学時代の赤星先輩なら絶対に妥協することはなかったのに。年を重ねて、少し丸くなったのかもしれない。

「タンクドル、認めようじゃないか。ただし、条件がある」

赤星先輩が人差し指を立てた。「今の体重を維持したままダンスができること。踊れないデブはただのデブだからな。もしできないなら強制的にダイエットをしてもらう」

「なーんだ。そんなこと」

幸広はその場でひょいっと立ち上がった。コーラを飲んでエネルギーの充電完了といった感じである。

「ミュージック、スタート！」

と幸広は言うや、音源がないのにその場で回り始めた。「ヘイヘイヘ～イ」と歌いながら腰をくねくねさせている。

日本を代表する女性アイドルグループの国民的ヒット曲【恋するフォーチュンせんべい】だ。

ちょっと懐かしい。よく聴いたなあ。

幸広は、おにぎりを作るような手をこねこねさせる動作や、蝶々のように手をバタバタさせる動きなど、振り付けを完全にコピーしていた。

その様子を赤星先輩は真剣な眼差しで見ていた。ひととおり踊り終えたところで、幸広は白い歯を見せた。

「合格」

赤星先輩が拍手をすると、みなも続いた。

明王が「やるじゃねーか」とニヤリ。「スゲー」と目を丸くしていた純平は、「じゃあ次は……星田《ほしだ》健《けん》の愛ダンスは踊れる?」と注文した。

「あー、それ無理」

即座に幸広は断った。「だってアイドルの歌じゃないもん」

「合格」

赤星先輩が再び拍手した。「いいね、ヒロブー。アイドルの歌しか完コピしないというそのこだわり。イケてるミドルアイドルコンテストの出場者としてふさわしい資質だぞ」

審査員でもないのに赤星先輩は上から目線でものを言った。年齢はひとつ上でリーダーには違いないが、私はなんか気に入らなかった。中学のときは許せても大人になった今はムッとするものがある。学生時代の上下関係が永遠に続くのもどうなの?　と思う。今こんなことやってる場合じゃないんだよなあ。私は練習に身が入らなかった。

「マダムキラー」

赤星先輩が呼んだ。「今日のお前、元気ないぞ。どうした?　悩み事があるなら遠慮なく言えよ」

いつものように振る舞っていたつもりだが、表情に表れていたらしい。

一番の悩み事は、コンテストに出場することなんだけどね。

「じゃあ先輩、ひと言いいですか?」

純平が発言した。だが、その口調は遠慮がちである。「俺、今失業中で……ここにいるみんなもそうだと思うんですけど、こんなことやってる場合じゃないっていうか……」

さすが持つべきものは親友だ。気持ちを代弁してくれる。

「志を立てるのに遅すぎるということはない!」

赤星先輩は「ニッ」と口の端を広げた。「いいかお前たち。大変なときだからこそ、大きな志を持つんだ。そして、その志に向かって懸命に努力する。人生、楽しまなきゃ損だぞ」

たしかにそのとおりなのだが、私は違和感を持った。赤星先輩の言う志とは、アイドルになることだからだ。志は人それぞれ。みなはどう思っているかわからないが、少なくとも私は今、アイドルになる気はなかった。

「元気がないといえば」

赤星先輩が思い出したような顔になる。「マダムキラーの奥さん、昨日の夕方だったかなあ、椎田郵便局にオレを訪ねてきたぞ。元気がないというか、不安そうというか、複雑な表情をしてた。主人が昔お世話になったそうで、って。丁寧に菓子折り持ってきてさ」

「娘の芽衣もいませんでした？」

「ああ、隣にいたのがそうなのか。小学生くらいのかわいらしい女の子だったな。二人とも大きな鞄持ってたから、旅行帰りか何かと思ってたけど、そんなふうには見えなかったぞ。マダムキラー、何があった？　正直に言え」

　私は迷ったが、打ち明けることにした。曜子が赤星先輩を訪問した理由が気になるからだ。

「実は、実家の名古屋に戻りました。でも、その理由が私にはさっぱりわからないんです。名古屋に戻ったはずの妻がどうして郵便局に？」

「それはオレにもわからん。ただいきなり頭を下げるもんだからびっくりしたよ。主人からあなたのこと聞きました。困ったときには全力で助けてくれる人だと。会ったばかりで大変恐縮ですが、探し物に協力していただけないでしょうか、って」

　私は、曜子の行動がますますわからなくなった。

「その探し物、めちゃくちゃ大変だったけど、その日のうちになんとか見つけることができたよ。ちなみに、マダムキラー、一昨日の新聞、見たか？」

「いいえ。今、新聞とってないんで」

　一昨日といえば、妻と娘が家出した翌日だ。「そのことと妻が、なんの関係あるんです？」

「だって奥さん、その新聞記事を見てオレを訪ねてきたんだぞ」

4

その夜、私のほうから純平、幸広、明王に声をかけ、椎田駅前にある居酒屋で和気あいあいと呑んでいた。四人とも再就活中のリストラおやじということを考えると、たくさんお金を持っている（はずの）赤星先輩に同席したもらったほうがよかったが、みなの口から本音が出ないと思って誘わなかった。

呑み始めの頃は、それぞれがどのような人生を歩んできたのか面白おかしく語ったり、親バカ全開の子供の自慢話をしたりして、酔いも手伝い大いに盛り上がった。

「しかし、こんなふうに四人で盃《さかずき》を交わすなんて初めてだよなあ」

明王の言葉に、純平が「ヤクザの兄弟盃か！」、幸広が「酒を酌《く》み交わすだよ！」と息の合ったツッコミを見せるなど、約三十年という長いブランクを感じさせないほどに、四人は心を通い合わせた。少なくとも私はそう感じていた。

呑んで食べてお腹いっぱいになった。楽しい酒の席はひと休みといった静かな雰囲気になった頃、私は本題に入った。

「なあみんな、ここからは腹を割って話したいんだが」

下戸の純平を除き、幸広と明王はすっかり酔いが回り顔を真っ赤にしていたが、三人とも、なんだ？　と真剣なまなざしを向けてきた。

「みんな、本気でアイドルになりたい？」

私はあえてストレートに聞いた。けれど、誰ひとりとして答えない。

しばし間《ま》。

時間にして数秒だと思うが、私には数分くらいにながーく感じられた。

「みんな、本気でアイドルになりたい？」

もう一度、聞いた。声のトーンを上げて。

やはり三人とも返事をしない。心を通い合わせた仲じゃないのか？　私はなんだかイライラしてきて、ひとりずつ尋ねることにした。

「やーさん、本気でアイドルになりたい？」

「……わからん」

「はい？　わからないってどういう意味？」

「どういう意味も何もそういう意味だよ！　わしにもまだわかんねーんだよ！」

明王がふくれた顔で逆ギレした。明王がキレると怖いことは子供の頃から知っているので、私は明王をスルーし、幸広に質問することに。

「ヒロブーはどう思ってる？　本気でアイドルになりたい？」

「……美味しいなら、アイドルになるのも悪くないかも」

冗談とも本気ともつかない幸広の発言に、私はますますイライラしてきた。

「ウブ平は」

私が言い終わらないうちに、純平が「そろそろお開きにしようぜ」と遮《さえぎ》った。

「おい！　答えてないぞ」

「なあマダムキラー。せっかくみんなで楽しい時間を共有できたのにさ、そういう辛気《しんき》臭い質問するのやめない？　空気が悪くなる」

「辛気臭い質問だと？　大事な質問じゃないのか！」

自分でも驚くほどに私は声を荒らげた。「ウブ平は練習のとき、みんなの気持ちを代弁して赤星先輩に訴えたじゃないか。失業中で今こんなことやってる場合じゃないって」

「ああ言ったよ。でもそれは、赤星先輩がどういう反応をするのか見たいがために、こちらの事情を伝えただけさ。いちおうというか形式的にね。するとどうよ。赤星先輩はすごく良いこと言ったじゃないか。志を立てるのに遅すぎるということはない。人生、楽しまなきゃ損だぞ、って」

純平が真っ直ぐな目で見つめてくる。

「マダムキラー。俺たちは小学生の頃からアイドル好きだったよな。アイドル好きだから仲良くなれたよな。親友になれたよな。ヒロブーとやーさんもアイドル好きだったよな」

幸広と明王が頷くのを見て、純平は話を続ける。

「アイドル好きのおかげで俺たち四人は、赤星先輩というアイドル願望むきだしのおっさんに導かれ、およそ三十年ぶりにひとつになることができた。すごくない？　三十年ぶりだぞ。赤星先輩の強いリーダーシップがあってこそ実現できたと思わないか？」

それはそうなんだが……ウブ平の奴、なんでそんなに熱いんだ？　私が違和感を抱いたそのとき、

「あんな良い人、いないと思うぞ」

純平がさらりと言った。

――あんな良い人、いないと思う。

奇しくもそれは、私が純平に言った言葉。これぞまさにブーメラン。純平を励ますために言ったのに、反対に私が励まされるとは……。

「……そうだな。あんな良い人、いない」

私が強く言うと、純平、幸広、明王も「うん」と頷いた。

「でもみんな気をつけようぜ」

純平がすかさず注意喚起する。「赤星先輩は良い人だけど自己中だからさ。わがままだからさ。振り回されるのを覚悟のうえでがんばろうぜ。とにかく俺たちががんばるのは、赤星先輩のためではなく家族のため。その思いだけを胸に、これからがんばっていこう！」

純平が握りこぶしを作って右手を突き上げると、幸広と明王も続けて「おー」と勢いよ

く右手を上げた。私も負けじと遅れて右手を上に伸ばすと、急に笑いが込み上げてきた。

「マダムキラー。何がおかしい？」

純平が聞いてくる。

「ウブ平、お前やっぱり赤星先輩嫌いだろ」

「そんなことないよ」

「そんなことあるよ」

私と純平は顔を見合わせ、白い歯を見せた。

ウブ平は最初から落としどころを考えていたに違いない。

そうなのだ。

私は家族のためにアイドルを目指すのだ！

5

【郵便局で配達業務をしていた男性正社員（五十九歳）、良心の呵責《かしゃく》に苛まれて自首。四十年にわたり郵便物を故意に配達せず。自宅の押し入れにたまりにたまった郵便物は四千通】

新聞の社会面にその見出しが大きく踊っていた。

私は、築上町文化会館コマーレ内にある築上町図書館でこの記事を見て、驚きのあまり目をしばたたかせた。赤星先輩が言っていた、連絡が取れなくなったベテラン配達員というのはこの人だろう。「配達が面倒臭くなることがあった」というのが理由らしいが、四十年もの長きにわたり発覚しなかったのが不思議議である。未配達のほとんどが個人宛のハガキや手紙らしい。四十年で四千通ということは、一ヵ月あたり八通程度。それくらいもうひと踏ん張りして配れよ！　と言いたくなる。詳しい犯行動機は調査中とのことだが、たとえ動機が明らかになったとしても、私は理解できないと思った。

図書館を出た。

自宅に帰る道すがら、私はママチャリをこぎながら考え事をしていた。

探し物ってなんだろう。名古屋に向かっていたはずの妻が、あの新聞記事を見ていったんUターンした。曜子はまだ家に戻ってきていない。今ごろ一体どこにいるのやら。

自宅に到着した。

玄関の引き戸を開けると、曜子と芽衣が旅行鞄から荷物を取り出していた。

「おかえりなさい」

「パパ、おかえり」

そう言って、二人は何事もなかったかのように作業に戻る。私はぽかーんと口を開けた。

「どうしたの？　そんなとこ突っ立って」

曜子の言葉に私は我に返り、居間に上がった。

「今までどこいってたんだ？」

旅行鞄の中に若い男の顔写真がプリントされたうちわがあった。それを見て私は思わずはっとした。

「名古屋に帰る、というのは嘘だったんだな」

「うん」

曜子は潔く認めた。まったく悪気はないようだ。「博多よ」

「クッキー、かっこよかった～」

芽衣が目をキラキラと輝かせる。

「クッキーもいいけど、ママはビスケットくんのほうがいいわ」

二人はライブ会場で買ったと思われるジャンボうちわを取り出した。私は度忘れしていた。曜子と芽衣がアイドルの追っかけだったことを。夫婦喧嘩の最中というタイミングの悪いときに二人揃って旅行鞄を持ち出すものだから気づかなかった。

振り返ると、芝居がかった外出の仕方だなあ、と思う。求職中の私に申しわけないと感じているからだろうか。そんなことを考えたが、二人が戻ってきてくれたので気にしないことにした。ライブのついでに小旅行をするというのが曜子の定番の楽しみ方。だからしばらく家に帰ってこなかったのだ。

ところでクッキーとビスケットって誰？　疑問に思ったが尋ねなかった。聞いてもわからないからである。曜子と芽衣は、地下アイドルよりも深〜いところで活動する、いわばアイドルの卵みたいな男の子を応援するのが趣味だった。

「なあ、ママ。出かける前、何に怒ってたんだ？」

「文通よ」

言いながら、一通の封筒を見せた。私は受け取り、裏面を確認する。

差出人は【名古屋のピョンピョン】。

念のため、消印も確認した。一九八四年十月五日とある。

「これって……」

「名古屋のピョンピョンが最後に出した手紙。あの新聞記事を見たとき、ひょっとしたらと思って。そのせいで小旅行の予定は狂ってしまったけど、探した甲斐あったわ」

「ちょっと待て。どうしてママが？」

「だって、名古屋のピョンピョンの正体は、半分わたしだもの」

私は頭が混乱した。

「最初からきちんと説明してくれないか」

「長くなるわよ」

曜子はゆったりとした口調で語り始めた。「名古屋のピョンピョン、そもそもの正体は、わたしのお姉ちゃん、佐藤宇沙子」

佐藤は日本で一番多い苗字。私は、あの佐藤宇沙子の妹が曜子とは思いもしなかった。文通の文面に妹がいるなんてひと言も触れていなかったからである。曜子の両親に結婚の挨拶にいったときもそうだ。佐藤宇沙子が同席していなかったから知るはずもない。ただ都合が悪かっただけかもしれないけど。そして、曜子との結婚式。佐藤宇沙子——既婚者なので苗字は変わっていた——に初めて会ったとき「もしかして名古屋のピョンピョンですか?」なんて唐突に聞けるはずもなく……いや、本当は聞いてみたかったのだが、またの機会でいいだろうと思っているうちに、その機会に恵まれなかった。ほどなく事故で亡くなったためだ。

「お姉ちゃんは内気で、ちょっと病弱なところがあって、家に引きこもりがちだったの。そんなときたまたま文通なるものを知り、気晴らしにと始めたってわけ。そして、最初の文通相手が福岡のモナカこと、パパだったの」

「そうだったのか」

「お姉ちゃんはまさか返事がくるとは思っていなくて、最初はびっくりしてた。でも、パパと手紙を交わすうちに、こんな楽しいことない、って言ってた。性格も前向きになった。食欲も増えた。心も体も元気になった。まさにいいことずくめだった」

私は嬉しくなった。自分の手紙が励みになるなんて。

「でも、お姉ちゃんは突然書くのをやめた。三ヵ月くらい経った頃だと思う。好きな人ができたって」

　そういうオチかよ〜。

「その好きな人っていうのは、なんと郵便配達員。しかもイケメン。たしか十九歳だったかな。パパ、必ず書留で送ってきたよね。それがいけなかったみたい。書留って手渡しでしょ。お姉ちゃんはイケメン配達員と顔を合わせるうちに、何か惹かれるものを感じたみたい。それは向こうも同じで、向こうから交際を申し込まれたんだって。お姉ちゃんは即ＯＫした」

　私はがっくりと肩を落とした。なんて残酷な運命だろう。皮肉にも恋のキューピットになるなんて。

「するとお姉ちゃんは、急に手紙を書くのが面倒になった。代わりに書いて、ってわたしに頼んできたの」

「だから、半分なのか」

「そう。でもわたし、嫌じゃなかったよ、手紙を書くの。字は汚いけど。お姉ちゃんの文脈を研究したりして、バレないようにするのにちょっと苦心したけど」

　文通のやりとりをする中で、急に誤字脱字が増えたのはそういうことだったのか。曜子はのんきなくせしておっちょこちょいな一面がある。矛盾しているようだけど、曜子はそういう女性なのだ。のんきだから細かい部分に気づかないというか、気にしないだけかもしれないが。

「パパの手紙、面白かった。吉沼浩二の情報が満載で。その頃、吉沼浩二はそんなに好きじゃなかったけど、好きになった。アイドルに興味を持つようになった。でも、急に返事がこなくなったから嫌われちゃったのかな、と思って……催促の手紙を出すのもなんだか変だし、そのままフェイドアウトしちゃったの」

フェイドアウトしたのは私も同じである。責めるわけにはいかない。

「それでパパ、進学で名古屋にきたとき、トメさんにお姉ちゃんのこと聞いたでしょ」

「トメさん？」

「紫色に髪を染めたおばあちゃん」

見た目にインパクトがあったので記憶に残っている。私は思った。だから聞き込みをした際、トメさんは「子供たち」と答えたのか。いまさらだけど、子供たちの中に宇沙子という名前の女の子がいることを確認しておくべきだった。そうすれば、結婚式のときに「もしかして名古屋のピョンピョンですか？」と聞けたのに。

「トメさんと名古屋の繁華街で偶然会って、パパのこと聞かされたの。お姉ちゃんを探している人がいるって。わたし、初恋の人に会えると思うと、なんだかウキウキして」

「初恋だったの？」

「そうよ。顔は知らないけどね。言わなかったっけ？」

私はさらに思った。私の初恋は実らなかったが、妻の初恋は実った。

初恋が実らないなんて誰が言い出したんだ？

「パパについてわかっていることは三つ。福岡県出身、南山大学の学生、名前がコウジ。もっとも、コウジというのは賭けだったけどね。わたし、バカだったので大学に入るためにめちゃくちゃ勉強したんだから」

「ママは俺に会うために同じ大学に入学したの？」

「半分はね」

「また半分か」

「好きな人がいるから、とか。そういう動機で進学する人も実際いるじゃない。で、もう半分は、当時付き合っていたひとつ上の先輩が通っていたから」

「二股かけたのか？」

「二股？　おかしなこと言うわね。わたしとパパ、まだ付き合ってないじゃない。それで、合格した後、パパをすぐに探した。簡単に見つかったわ。アイドル研究会というのがあって、部員に福岡県出身のコウジという男がいたから。部室はいかにもオタクっぽい雰囲気だったけど、パパだけは全然そんなふうじゃなかった。いわゆるオタ芸みたいなノリじゃないのもよかった。わたし、ああいう騒がしいのは好きじゃないし、この人なら気が合うかもしれないと思った。だから、先輩と別れた」

「意外と勝手なところがあるんだな。先輩と付き合ってたんだろ」

「勝手なのは向こう。浮気してた。だから、フラれる前にこっちからフッてやったの」

曜子が私に会うまでの経緯はわかったが、腑《ふ》に落ちない点がある。私は真っ直ぐな目で見つめた。

「さっき文通に怒ってた、と言ったけど、文通の何に怒ってたんだい？」

「お姉ちゃんのこと、いつまでも引きずっているみたいだから」

そうかもしれない。思い出は誰だって美化したいもの。芽衣が「ママを悲しませないで」と言ったのも頷ける。

そうだ、悲壮感なのだ！

私は改めて自分に言い聞かせた。美化という部分でいえば曜子も同じかもしれない。好意を寄せている文通相手に対して裏切るような行為をした姉を悪く思わないでほしい。そんな妹ならではの心情が【名古屋のピョンピョン】の秘密を隠し続けることになった一番の理由だろう。不慮の事故で姉を失っているだけに、曜子は複雑な思いを抱えて生きてきたのだ。

「ところでママ」

私には、腑に落ちない点がまだまだあった。

「最後の文通、なんて書いてあったの？　意地になって探し出したみたいだから気になって」

「それは……」と言葉に詰まる。

「あと、白紙の便箋。アレもママだよね？　消印が名古屋だったから心を躍らせたけど、名古屋の友人に投函を頼んだりしたんじゃない？」

「ええ」

この質問にはあっさり答えた。

「でもなんで白紙なんだい？」

「それは……」とまた言葉を濁《にご》す。

「別に答えなくてもいいよ。それがママだから」

曜子がキョトンとした顔をしている。

そんな妻を私は愛らしいと思った。ますます好きになった。振り返ると、曜子は白紙の便箋を見たとき「なんで？」と首を傾げていた。入れ間違えたのだろう。

その夜、私は夕食を終えると文通の手紙を家族で共有しようと決めた。

今回の騒動の発端は、私だけが思い出を独占し、それがあらぬ誤解を招いたと思ったからだ。曜子にとって、夫が亡き姉に対して未練がましい態度をいつまでもとっていることが許せなかったのかもしれない。【名古屋のピョンピョン】の半分はわたしなのに……と。

私は居間の押し入れを開けた。奥に手を伸ばす。

あれ？

捨てたと思っていたはずの焼き海苔缶の箱が金庫の上にあった。蓋《ふた》を開けると、二つ折りの便箋が一枚だけ入っていた。もしや……おもむろに開いて見た。

【あなたに会えて幸せだった】

そうひと言、書かれていた。どういう意味だろうか。曜子は、亡き姉の代弁者として筆をとり、ひと区切りつけるためにこう書いたのか、それとも妻自身の本心か。いずれにせよ、私は目頭が熱くなった。

まったく手の込んだ演出しやがって。

曜子は入れ間違えていなかったのだ。

ということは……最後の文通の内容もわかったような気がした。私に会いたい、みたいな感じの文章を書いたのかもしれない。お互いに返事がこないことにやきもきしていたのだ。顔も名前も知らないだけに。

そして二人は出会った。

運命的でも奇跡的でもない。

必然的に。

第三話　ハイ！・グッドバイ　～浅黄幸広の巻～

1

なぜボクはデブなんだろう。

普通電車の窓側の席に座り、ポテトチップスをポリポリとつまみながら、ふとそう思った。警備員の面接を終えた帰りである。普段、体型を気にすることはないが、仕事となると別。職を転々としてきたボクは、必ず、といっていいほど職場の人から「これだからデブはよー」とからかわれた。若い時分は「デブですいません」と自虐《じぎゃく》的に笑って済ませられたものの、年を重ねるにつれて存在自体を煙たがられるようになった。

「これだからデブはよー」

いじめる側の常套句《じょうとうく》。ボクはこの言葉だけは好きになれなかった。同じデブでも若くて愛嬌のある人は上司にかわいがられる。同じデブでもテキパキと仕事ができる人は上司の信頼を勝ち取る。世の中そんなものだと思うが、いかんせんボクは若くない。いい年したおっさんが愛嬌を振りまく姿はキモイかもしれない。どんな仕事もそれなりにできると思っているが作業の動作が鈍い。アイドル歌謡曲の振り付けは、どんなに素早いダンスでも完コピする自信はあるのに。

仕事が長続きしないのは、そもそも会社に忠誠心を持つタイプでないから。腹が減ると我慢できない性質で、会議の合間でも常に持っているポケットサイズの菓子をつまみ食いしてしまう。出世欲よりも食欲が大事。だからボクは会社をクビになるのかもしれない。

四歳年上の姉《あね》さん女房久美《くみ》もデブだが、対照的に仕事ができる。職業は介護士。介護の仕事は激務のはずなのに愚痴を聞いたことがない。「ガハハ」と豪快に笑う彼女に、職場の同僚や入所している老人たちは元気をもらっているらしい。末期ガンで「死にたい」と漏らしていた初老の男性が、久美の励ましで「生きたい」と思うようになったという話を人づてに聞いたとき、ただただスゴイと思った。「なんくるないさ～」と沖縄出身でもないのに妻はそう言って、ボクが解雇されるたびに励ましてくれた。「生活のほうはこっちでなんとかするから。あなたは自分に合った仕事がまだ見つかっていないだけよ」と。

故郷に戻る決心をしたのも久美の存在が大きい。浅黄家はデブ家系で、父は糖尿病ですでに他界。一人暮らしをしている年老いた母も糖尿病を患っていて、「子供に迷惑をかけられない」とボクに相談することなく入所を決めた。そのとき久美は「わたしがお義母さんのいる施設で働けば、あなたは安心して仕事を探せるんじゃない」と笑顔で言った。妻に頭が上がらないとはこういうことを言うのだろう。ボクは尊敬の念を抱いた。

電車は椎田駅に到着した。駅から自宅まで歩いて約一時間。練習を除き、日頃、運動らしい運動をしないボクはウォーキングをすることにしている。散歩は嫌いではない。もっとも歩きながら必ず何か食べるのでダイエットにはならないが。

ウォーキングのコースはその日の気分で変わる。遠回りになるが母校の椎田小学校経由で帰ることにした。道中に天神交差点がある。この界隈《かいわい》はかって町一番の繁華街で【なかつや】というスーパーマーケットを中心にたくさんの個人商店が軒を連ねていた。しかし、買い物客で賑わっていた昔の面影は微塵《みじん》もない。

学校帰りに足繁く通っていた駄菓子屋【いこい　～e-恋～】もなかった。コンビニエンスストアに変わっている。なぜボクはデブなんだろう。デブ街道まっしぐらに突き進むことになった原因がこの店であったことを、いまさらながら思い出した。

紅茶の美味しい駄菓子屋。

店自体は古くからあったが、ボクが小学二年の秋に店主が皺だらけの老婆から、孫の若き未亡人――寿梨《じゅり》お姉さんに変わった。同時に【～e‐恋～】というサブ店名がついた。インターネットがない時代に【e】というアルファベットを使うなんて、センスあるなあ、と思う。

寿梨お姉さんは、一定の金額を超える買い物をした男の子に無料で紅茶を振る舞った。一定の金額というのは学年ごとに金額が設定されていて、高学年になるほど高くなっている。かの有名な大所帯《おおじょたい》の国民的女性アイドルグループが誕生していない時代にこのようなオマケ商法を考えるなんて、センスあるなあ、と改めて思う。

紅茶の美味しい駄菓子屋と呼ばれるようになったのは、その頃人気を博していたアイドル、柏崎由恵《かしわざきよしえ》の【ハイ！・グッドバイ】にちなんだのは言うまでもない。

高級そうなティーポットから、これまた高級そうなソーサー付きのティーカップに紅茶が注がれた。

「今日は、ダージリンのファーストフラッシュ。春に収穫した一番摘みの茶葉よ。若々しい香りと味わいが特徴なの」

「これはアッサム。コクと甘みがあるので、ミルクティーに向いているのよ」

光司のように唐突ではなく、さりげなくうんちくを織り交ぜてくれる。ボクは、彼女が淹《い》れてくれた紅茶をひと口含んだだけでイギリス貴族のような豊かな気分になった。

寿梨お姉さんの年齢はわからない。聞いても教えてくれなかった。彼女には幼稚園に通う女の子がいた。いわゆるシングルマザー。日が暮れると、児童たちと入れ替わるように町中の盛りのついた男たちが仕事帰りに次々とやってきていたのを覚えている。それくらい寿梨お姉さんは綺麗で立ち居振る舞いに色気があった。

男たちの顔ぶれは、土木作業員、呉服屋の若旦那、公務員、ミュージシャン志望、など多彩だった。何度もアプローチする人もいたが、多くは一度きりだったように思う。まさにハイ！・グッドバイ。当然のことながらフラれた男たちはみな、大量の駄菓子を持ち帰りしていた。大人買いの先駆けかもしれない。小学生だというのにボクは彼らに負けたくない気持ちが強く、ある日、勇気を振り絞って告白した。

「ボク、大人になったら寿梨お姉さんをお嫁さんにする」

寿梨お姉さんは微笑み、「待ってる」という言葉で締めくくった。イチコロである。ボクは小遣いのすべてを駄菓子に使った。自宅の近くに別の駄菓子屋はあったが、わざわざ遠くの【いこい】まで足を運んだ。寿梨お姉さんに会いたいがために母の肩を揉《も》んだり、父の仕事を手伝ったりしては小遣いをせがんだ。

ボクはいいカモだった。その自覚はありつつ駄菓子屋を訪れるたび、彼女が紅茶を銀のスプーンでそうするように、ボクの心はくるくるとかき回された。

生まれ変われるなら寿梨お姉さんのティーカップになりたいと思った。

しかし、寿梨お姉さんのような商売方法が長く続くはずもない。大人には通じても子供には悪影響である。校長やPTA会長の耳に入ると、その年の暮れに寿梨お姉さんは店から姿を消し、店主は皺だらけの老婆に戻った。

春じゃないのにお別れですか？

このとき柏崎由恵の【春だっつーに】がリリースされていたら、ボクは間違いなくこう思っただろう。

それからである。ボクのドカ食いが止まらなくなったのは。寿梨お姉さんに会いたい一心で毎日のように駄菓子を胃袋に流し込んでいたためか、大食い体質になってしまった。浅黄家はデブ家系。ボクもやはりデブになる運命だった——。


寿梨にハートブレイク。

そのダジャレが思い浮かんだ。柏崎由恵と関係ないのに自虐的な笑みがこぼれる。ボクは感傷に浸っているとお腹が空いてきた。西日が傾きかけている。踵を返し、きた道を戻ることにした。

その先には定食屋【あいよ】がある。多くの料理が五百円程度で食べられる。安くて美味いと評判で、高校時代にちょくちょく通っていた。夕食はそこで食べよう。妻は当直で今夜は帰ってこない。四人の息子たちには帰宅が遅くなるかもしれないと、小遣いを渡してある。ボクは暖簾《のれん》をくぐると、思いがけず赤星先輩に会った。

「赤星先輩」

だが、返事がない。新聞に夢中になっている。「スゲー親子だな」「でもどこかで聞いたことのある名前のような」と独り言をぼそっと言ったかと思いきや「ふるっ。おばちゃん、この新聞一年前のだよ！」と声を荒らげたところで、赤星先輩はボクに気づいた。

「おー、ヒロブー。奇遇だな。オレも今きたばかりなんだ。そこ座れよ」

顎《あご》でテーブルの前の椅子を示す。ボクは「ふぅ」と息をつきながら腰を下ろした。

「どうした？　浮かない顔をして」

寿梨お姉さんのことは赤星先輩も知っている。だけど、恋心を抱いていたことは話していない。

「おばちゃん、ごめん。さっきの注文キャンセル。大丈夫？」

「あいよ」

店名どおりの溌剌《はつらつ》とした声。この店は夫婦で切り盛りしていて、今はおばちゃん一人。夫は出前にいっているのかもしれない。

「とりあえず、ビールでいいか？」

赤星先輩に聞かれ、「はい」と答える。呑む気はなかったが、呑みたい気分になった。

「おばちゃん、生二つ」

一分も経たないうちに、大ジョッキの生ビールが運ばれてきた。

「あいよ。生ビール。兄ちゃん、ごめんね。新聞古くて」

おばちゃんは悪びれる様子もなく謝った。ここはいわゆる汚いけど美味い店。店内には古雑誌や昔懐かしい漫画コミックが当たり前のように置いてある。赤星先輩もそのことを知っているはずだが、度忘れしていたのかもしれない。故郷に帰ってきたのは大学を卒業して以来らしいから。

赤星先輩が一品料理をいくつか適当に注文した。ボクは乾杯を交わすや、一気に呑み干した。酒に強いほうではないが、呑むのは大好きだった。すぐに酔える体質で、たちまちにして身体全体が赤く染まった。体温が上昇しているのがわかる。

「ったく、いい呑みっぷりだねえ」

赤星先輩が感心している。「で、何があった？」

迷ったがボクは打ち明けることにした。隠すことでもないし酒の肴《さかな》にいいだろう、と。

「実は」

酔いも手伝い、饒舌《じょうぜつ》になった。ボクはひととおり話し終えたところ、「実はオレも」と赤星先輩が白い歯を見せる。

「オレの場合、性的対象な目で見てた。初体験を済ませるなら寿梨お姉さんがいいな、って」

赤星先輩の考えることはいつもボクの想像を超える。ボクはこの人だけには勝てないと思った。当時小学三年の男子が普通そんな発想をするだろうか。好意は持っていても一線を越えようなんてボクは微塵も思わなかった。しばし思い出話に花を咲かせた後、赤星先輩が話題をガラリと変えた。

「遅ればせながら、ネットゲームにハマってるんだけどさ、これが面白いのなんの」

ボクはネットゲームをしないことにしている。夢中になると自覚しているからだ。一度プレイしたら終わり。ネットゲーム依存症になることは目に見えている。課金地獄にハマり、抜け出すのは容易でないだろう。

「何が面白いかって世代を超えて仲良くなれるんだ。赤の他人と。ゲームって必ずゴールがあるだろ。ひとつの目標に向かって一緒にがんばれる。気持ちをひとつにできる。共感しやすい。いわばこれは新しいタイプの社交場だな」

赤星先輩はスマホを素早く操作し、画面を表示させた。【モンペアモンスター】というタイトルの後に、般若《はんにゃ》を思わせる強面《こわもて》のおばさんの絵が映し出された。

「今ハマってるのがコレ。仲間たちと協力してモンスターペアレントと化したおばはんどもを倒すアクションゲーム。ネットゲームではおしゃべりしながら遊べるんだ。作戦を立てたりしてね。そこで仲良くなった人と連絡先を交換し、実際に会うこともある。この間会った女の子はなんと二十歳の女子大生。かわいいのなんの。オレ、年甲斐もなくデレデレしちゃったよ。それで、デートの最後に、これからもプライベートで会わない？　と聞いたら、無理、ってひと言。いやー、ハッキリしてていいね、最近の若い子。ははは！」

なんとも前向きなハイ！・グッドバイ。ボクも前向きなほうだと思っているが、自分以外のことになると後ろ向きになってしまう。実は、再就職が決まらないことに加え、もうひとつ悩みを抱えていた。ボクは「ふぅ」とまた大きく息をついた。

「言ってみろ。オレにできることならなんでも協力するぜ」

赤星先輩は勘が鋭い。言って解決するものなら、ボクは話してみようと思った。

「実はボクには、四人の息子がいまして」

「四人⁉　すげーな。毎日賑やかで楽しいだろ」

「それがそうでもないんです。長男の貴広《たかひろ》のことでちょっと相談が」

「貴広くんはいくつ？」

「十四歳です。もうすぐ十五歳になりますが」

「ということは今、中学三年か。ちなみに弟たちの名前と年齢は？」

「上から松広《まつひろ》、竹広《たけひろ》、梅広《うめひろ》。三つ子です。小学三年生」

「四人兄弟のうち三人が三つ子って、これまたすげーというか珍しくない？」

「かもしれませんね。よく言われます」

「それで、貴広くんがどうした？」

「ボクに似て太る体質のようで……てか、息子たち全員ぽっちゃりでボクのＤＮＡを受け継いでいるのは間違いないんですけど……最近、貴広だけが急激にぶくぶくと太り出したんです。そしたら引きこもるようになりました。引きこもりといっても学校にはいってます。問題なのは、家に帰るとすぐ自分の部屋に引きこもってしまうんです。子供部屋は二つしかないのに貴広がひとつの部屋を独占。しかも休みの日は一歩も外に出ません」

「反抗期とか」

「かもしれません。でも親子の会話はちゃんとあります。ドア越しですけど」

「ご飯は？」

「妻がいるときは家族六人で食べます。食べ終わるとすぐに引きこもってしまいますが」

「なんで引きこもるのかねえ……ヒロブーはそういう経験ある？」

「どうだろう……」

ボクは思案気な顔をした。「ほんの少しだけど、あるといえばあるかなあ」

「いつ頃？」

「中学に入学してまもない頃ですかねえ」

「お。だったら貴広くんの気持ち、少しは理解できるんじゃないか。ヒロブー、自分自身のことをよく思い出してみろ」

ボクは腕を組み、あれこれと考えをめぐらせた。

「椎田中学ってたしか町にひとつしかない中学校でしたよね。そこへ、町にいくつかある小学校の子供たち全員が集まってくる。だから当然、クラスには知らない子たちがたくさんいるわけで……よその小学校のいじめっ子みたいな奴らからデブ体型をしょっちゅういじられましたからねえ」

「お前がそういうなら、引きこもりとデブ、本当に関係あるかもしれないな」

「ええ。でもボクの場合、いじられるのはそんなに嫌じゃないというか、嫌になることもありましたけど、いじられキャラを自覚してたから引きこもっていたのはホント少しの間だけで、引きずるようなことはなかったです。一方、貴広は、ボクと違って真面目な性格なんですよねえ……いつだったか、貴広からこんなこと言われました。デブは嫌だ。お父さんを見ていると生きていく自信がない……って。ショックでした」

「デブは嫌か……ヒロブー、お前自身はどう思う？　デブということに対して」

「さっきも言いましたけど、ボクはいじられキャラを自覚してるんで普段デブであることに不満はありません。就職活動のときや、働き出してから、デブはちょっと不利だな、と不満に思うことが多少あった程度です」

その言葉に嘘はない。無理して痩せようと思っていないし、コンテストに向けて今の体形を維持したまま練習に励んでいる。赤星先輩が言ったように踊れないデブはただのデブだからだ。赤星先輩はボクの体格を揶揄《やゆ》することはあっても「これだからデブはよー」と非難することはない。

　だからボクは小さい頃から赤星先輩とつるんだ。生徒会執行部に誘われたときは、面倒だな、と思ったが断らなかった。赤星先輩といると楽しいことが起きそうな気がする。実際、生徒会の活動は楽しいうえに美味しかった。学校帰りにおやつをおごってもらったからだ。文化祭でＳＨＯＷ☆ＴＯＫＵ太子の真似事をするはめになったときはさすがに引いてしまったが……そんなことも今となっては思い出である。

「わかった」

　赤星先輩は大きく頷くと、「その悩み、解決したも同然だ」と言った。

「本当ですか？」

「簡単なことさ。ヒロブーが、お父さんはすごいんだぞ、という姿を見せてやればいいんだよ。そうすれば、貴広くんも生きていく自信がつく」

「でもどうやって？」

　赤星先輩は腕を組むと、思案顔をしつつなんとはなしに周囲を見渡し、「アレだ！」と指差す。ボクが目を向けた先に、ポスターがあった。

【アサリの大食いコンテスト開催　出場者大募集】

　ボクはピンとこなかった。こんなもので父親の威厳を見せることができるのだろうか。

「おばちゃん、アレ剥《は》がしてもいい？　よく見たいんで」

赤星先輩が指差したまま言うと、おばちゃんは「あいよ」と元気よく返事をした。赤星先輩は立ち上がって画びょうを外し、ポスターを持ってくる。二人で募集要項やルールに目を通した。

「あ、制限時間が十分ってある。ボク、大食いには自信あるけど、早食いには自信ないです」

「でもやるんだ。一番になって、お父さんのすごさを見せつけてやるんだ」

言うが早いか、赤星先輩は「オレがエントリーしといてやるから」と勘定《かんじょう》を済ませ、颯爽と店を出ていった。

2

「ここが、しいだアグリパークか」

ワゴンの車内から外の景色を見て明王が目を丸くしている。「昔と全然風景が違う」

「たしかに」

純平が同意すると、ボクも首を縦に振った。

「フットサルコートとかなかったもん。子供の頃は田んぼだけだったような」

「私がちょっと事前に調べてみたんだが」

光司がさりげなく言う。「ものの本によると、そのコート、天然芝らしいぞ」

ここは、豊前《ぶぜん》海に面した築上町農業公園。通称しいだアグリパーク。広大な敷地の公園内にはフットサルコートの他、スケートボード場、屋外ステージ、児童館、などがある。あちこちで児童たちが遊んでいる姿が見えた。その様子を見守ったり、子供たちと一緒に楽しんでいる親御さんもいて、公園全体はのどかな雰囲気である。

普段の練習は公民館だが「次の段階に入る」と赤星先輩が言い、この公園にやってきたのだった。車は赤星先輩が知人から借りてきたという。「車っていいよな」と赤星先輩はハンドルを握りながら同じことを何度も言った。少々運転が乱暴なところがあり、スピードを落とさずにカーブを曲がったときには、ボクは内心、事故るんじゃないか？　とヒヤヒヤした。

ワゴンが駐車場に駐まった。ボク、純平、光司、明王は車を降りると、広々とした芝生のほうへ歩いていく。見上げると、澄み切った青空が続いている。窮屈な車内から解放されてみなは清々《すがすが》しい表情だった。

明王が「ハレルヤ～」と伸びをしながら両手を大きく広げた。十字架のネックレスが陽の光を受けてまぶしい。ボクもそうだが、誰もつっこまない。「やーさんらしくない発言だな」とか、「いつからキリスト教に入信したんだい？」とか。宗教関係はいじるのが難しいなあ、と思う。触らぬ神に祟《たた》りなし。それがベストな選択だ。みなも同じ気持ちだろう。

「おーい。みんな集まれ～」

赤星先輩が呼んだ。ボクたち四人は車に戻ると、後ろの荷室に大きなダンボール箱が積まれていた。

「じゃーん」

言いつつ赤星先輩は、箱を開いた。

「マジか？」

真っ先に驚きの声を上げたのは明王だった。

ダンボール箱の中には、靴底の前と後ろに二つずつタイヤが並んだローラースケートが透明のビニール袋に包まれた状態で並んでいた。すべて色違いで、赤、青、緑、黄、桃の五足。他、防具類――ヘルメット&手首、肘、膝のプロテクター三点セットも五人分あった。怪我をしないようにと用意したのだろう。

「というわけで、今日からローラースケートの練習をしたいと思う」

赤星先輩が意気揚々《ようよう》と話す。

「それってつまり……」

ボクがおそるおそる質問する。「ボクたちが歌うのはＳＨＯＷ☆ＴＯＫＵ太子ですか？」

「そのとおり！」

赤星先輩は、胸の前で人差し指を立てた。

「曲は？」と純平。

「決まってるじゃないか。アレだよアレ。あのときのオレたちは輝いていなかったけど今は違う。ここにいるみんなは失業中だが心はきらきらと輝いている。アイドルになるという夢に向かってな……いいか、オレたちの輝きは飾りじゃないぞ、ガラスのフィフティーズ！」

赤星先輩は腕をピンと伸ばし、人差し指を突き上げた。あたかも天下を取ったかのように、誇らしげな顔つきである。ボクは、純平、光司、明王の顔色を伺った。表情に影が差している。文化祭を思い出しているのだろう。ボクも同じだった。今となっては笑い話とはいえ、再びやるとなると苦い思い出に変わる。

あの日、本番までにローラースケートを乗りこなすことができなかったのはボク一人だけ。純平、光司、明王もスムーズとはいえないまでもそれなりに滑っていた。ボクは基本ポーズのスタンディングを維持するだけで精一杯で、ちょっとでも滑ろうものなら尻餅をついてしまう。ボクにはローラースケートは向いていない。何度そう思ったか。

「大丈夫だ。今のお前たちならすぐに慣れる。乗りこなせる」

赤星先輩が自信を持って言う。「初日の練習から約一ヵ月。どうして体力作りと発声練習ばかりしていたと思う？　どうして足首周りの強化に重点を置いていたと思う？　すべてはこの日のためだ。入念なストレッチ、ウォーキング、ジョギングのおかげでみんなの体幹と足首は強くなっているはずだ。さあ、履いてみろ」

そう言われ、みなは指示を受けるまでもなく、純平は青、光司は緑、明王は桃、ボクは黄のローラースケートを手に取った。

「と、その前に。つま先部分の革をよく揉むんだ。揉むことで革が柔らかくなり、足が疲れにくい。靴紐は一度、全部緩めたほうがいい。足を入れてから、下から順に、ねじれのないように足首まで丁寧に結ぶんだ」

説明した後、赤星先輩は赤いローラースケートを持った。地面に座り込むやスニーカーを脱ぎ、慣れた手つきで履いていく。靴のサイズは赤星先輩が調べていたようでみなピッタリだった。ボクも履くだけならさほど難しくなかった。一同、履き終えたが、まだあぐらをかいた状態である。

「準備完了だな。まずは四つん這《ば》いになろう。次に、片足を立て、両足を立て、ゆっくりと立ち上がるんだ。立ち上がった後は、身体全体に余分な力を入れないように。顎は引き、腰は引くな。膝は軽く曲げ、つま先は六十度くらい開くのがコツだ。わかったなみんな。そーれ」

赤星先輩は、スムーズに立ち上がった。純平、光司、明王は、足全体を震わせながらもスタンディングを維持した。

「思ってたより足首は痛くない」

最初は不安そうな顔をしていた明王が、明るい表情になった。

「ホントだ」

純平が同調すると、光司も「バランスもとれるぞ」と薄く笑った。

「な、オレの言ったとおりだろ」

赤星先輩が誇らしげに顔を上気《じょうき》させる。しかし、ボクは立てなかった。スタンディングしたのも束の間、体がふらつき、ドテンと尻餅をついてしまう。

「ヒロブーは、後で特別に個人レッスンだな。でもその転び方、よく覚えておくように。お尻から転ぶのが一番安全だからな」

ボクは「はい……」と頷くしかなかった。

「さてと」

赤星先輩がスマホで時刻を確認した。「今日は時間がたっぷりある。この日のために、みんなを屋外ステージのあるこの公園に連れてきたんだ」

と指差す。屋外ステージは屋根付きで、幅十メートル以上はありそうな大きな舞台だった。さながら、本番といった感じである。

「あそこで練習するんですか？」

純平が聞くと、赤星先輩は「そうだよ」とあっさり答えた。

「人が見てるじゃないですか！」

光司が異議を唱えた。

「赤星先輩。まだ心の準備が……」

明王の表情がまた曇った。けれど、赤星先輩は無視した。

「でもやるんだ。観客がいる状態に慣れておいたほうがいい。実は本番まであまり時間がない。プレッシャーを与えちゃ悪いと思って地方予選の日にちをあえて伝えなかったが、今日言おうと思う。九月の第二日曜日だ。予選を突破すれば十月の福岡県本大会に進む。そして、十一月に決勝ラウンドの全国大会が東京で行われることになっている」

「あと約一ヵ月か」

ボクは弱気になった。長いようで短い。いや、短すぎるかもしれない。果たしてボクはローラースケートを乗りこなすことができるのだろうか。

「大丈夫だ、ヒロブー」

赤星先輩が親指を立てる。「地方予選はオレたちに有利だ。地の利がある。各県の地方予選はいくつかのブロックに分かれていて、福岡県も例外ではない。で、オレたちが住んでいる京築《けいちく》地区の予選会場が昨日決まったという知らせがコンテスト事務局から届いた。築上町文化会館コマーレだ」

一同、目をしばたたかせた。赤星先輩が話を続ける。

「移動の疲れがないのは大きいぞ。それにホームで戦えるのは有利じゃないか。オレたちの圧倒的なパフォーマンスで観客を味方につけるんだよ。観客の熱気は当然、審査員にも伝わる。審査員がオレたちを見る目が変わる。たとえ下馬評《げば》が低くてもな」

「赤星先輩の言うとおりかもしれない」

明王の目が輝きを取り戻すと、純平と光司も表情が明るくなった。だがボクは、今日ばかりは練習する気になれない。その前に、大食いコンテストを控えているからだ。今のボクにとって、息子が心を開いてくれることのほうが何よりも優先なのだ。

「ヒロブー、そんな顔をするな」

うつむいていたボクは「ハッ」と顔を上げた。心を見透かされたようである。

「お前が今大変なのはわかっている。共に乗り越えよう」

そう言ってくれるだけでありがたい。事情を知らない純平、光司、明王は、何があったんだ？　と不思議そうな顔をしている。

「それにしても、ホントびっくりですよ」

光司が言った。「地方予選がいくつかのブロックに分かれているということは、それだけ出場者が多いってことですよね？　やっぱみんな一度は夢を見てみたいんですかねえ」

と、誰かの着信音が鳴った。赤星先輩だった。ズボンのポケットからスマホを取り出し、電話に出る。「わかった」とそれだけ言って、すぐに電話を切った。

「みんな、ちょっと休憩しよう。きたばかりでなんだが、休憩がてら話し合いをする。実は今日、強力な助っ人がきてくれる予定だ。三十分くらい遅れるって、今、麦本から連絡があった」

「助っ人？　麦本が？」

純平が首を捻る。「冗談でしょ」

「麦本じゃない。麦本の後輩だ」

「へえー、どんな奴なんですかね」

明王は興味津々な顔をすると、「ところで」と話題を変えた。「赤星先輩、グループ名はどうするんですか？」

「それを今から話そうと思ってたんだ」

五人は元の靴に履き替えると、休憩所に入った。それぞれが近くの自販機で飲みたいものを購入した後、赤星先輩はワゴンの荷室から持ち出した小さなホワイトボードをみなの前に出した。【ＳＭＡＦ】と書いてある。

「スマッフ？　なんの略ですか」

ボクの質問に、赤星先輩が説明する。

「青春ミドルエイジファイブ。遅ればせながら、オレたち中年おやじ五人は、青春を謳歌《おうか》しているといっても過言ではない。文字の並びを考えた結果、こうなった。青春のＳ、ミドルのＭ、エイジのＡ、五人だからファイブのＦ」

「無理があるなあ。なんで、Ｓだけ日本語なんです？」

光司が否定的な意見を述べると、明王も同調する。「いかにもパクリじゃないですか。もう少しオリジナル感を出したほうが」

「オレ的に気に入ってたんだが」

赤星先輩は渋る。「じゃあ、他に何かいいアイデアないか？」

しばし間。

「戦隊ものはどうです？」

光司が手を上げた。「私たち苗字に色が入っているし、おやじ戦隊ファイブカラーズとか」

「わしもそれ考えてた」

明王が親指と人差し指でチョキを作って言う。「でもそういうのも結局パクリなんだよなあ」

「逆に、グループ名がない、っていうのはどう？　新しくない？」

純平が提案する。「名無し、とか」

「ネットの匿名《とくめい》の掲示板みたいでオレは嫌だ」

赤星先輩は即座に却下した。

「ボクもひとついいですか？」

アイスコーヒーを飲んでいたボクは、缶をテーブルに置いた。「シンプルなほうがよくない？　さっき赤星先輩が言ってた青春というキーワード。すごくいいなあと思って、それを入れたグループ名を考えたんだけど……ズバリ、青春おやじフィフティーズ。青春は漢字。おやじは平仮名。フィフティーズはカタカナ。どう？　わかりやすくない？」

「いいじゃん、それ」

明王がパチンと指を鳴らすと、純平と光司も「いいね」と頷く。赤星先輩も気に入ったようで「合格」とお決まりの言葉で締めくくった。

「ヒロブー。冴《さ》えてるじゃないか」

赤星先輩が褒める。「もしも優勝して、本当にメジャーデビューして、一発屋じゃなく息の長いアイドルグループとして成功し、六十代になったら青春おやじシックスティーズ、と変更できるしな。モシモシ娘。みたいに最後のほうだけちょこっと変えて。夢は大きいほうがいい。ヒロブー、グッジョブ！」

親指を立て、赤星先輩は白い歯を見せた。

「すいません、遅れまして」

出入り口のほうからはきはきとした声がした。一同顔を向けると、麦本が申しわけなさそうな顔で立っていた。白いポロシャツに青色のデニムというラフな格好で。顔はまん丸く田舎の素朴な中年おやじといった感じである。

麦本の後ろには二十代と思われる男女が五人。彼らもカジュアルな服装だが、雰囲気がダンサーっぽい。ダボダボのスウェットパンツに上はTシャツとパーカー。三人の男のうち一人は、キャップを後ろ向きにかぶっている。

「おーやっときたか。強力な助っ人。待ちわびたぞ」

赤星先輩が相好を崩す。

麦本は男女五人をボクたちに紹介した。キャップをかぶっている男がリーダーらしい。五人とも職場は築上町役場で、ダンス仲間。地元福岡で開かれる様々なイベントで創作ダンスを披露しているという。

「五人にはすでにガラスのセブンティーンの映像を見てもらっている。そのうえで彼らなりの振り付けを考えてもらった。餅は餅屋っていうし、ダンスのプロに任せたほうがいいかな、と思ったんだ」

そう言うと、赤星先輩は時間が惜しいのか直ちに練習することになった。みな再びローラースケートに履き替え、屋外ステージに向かう。ボクはスタンディングがおぼつかないので、靴のまま向かった。麦本はデジタルビデオカメラを持ってきていて、撮影役を買って出た。

赤星先輩は懐かしのＣＤラジカセを持参していた。巷《ちまた》ではラジカセブームが再来しているといわれているが、赤星先輩のそれは子供の頃に使っていたものだ。年季が入っていて、ところどころ塗装が剥げている。赤星先輩が再生ボタンを押すと、中学時代、耳にタコができるくらい聞いた歌詞が聞こえてきた。みな緊張した面持ちである。夢に向かって期待と不安が入り交じっているのだろう。

まずはお手本ということでダンス部の五人が踊った。もちろん五人ともローラースケートを履いている。リーダーの男が仮想赤星先輩でセンターを務めた。マイクを持ってはいるが歌わない。振り付けのみ。他の四人も同じだった。リーダーはメインボーカルなので激しいダンスはなかったが、後ろの四人は忙《せわ》しなく体を動かしていた。ここのステージが狭くて仕方がないと言わんばかりに目まぐるしく滑り回る。当然、ただ前に滑るのではない。その場で足踏みしたり、後ろ向きに滑ったり。スピンもあった。単独だったり、ペアになったり、片足でキックをしたり、後ろ向きに滑ったり。ペアでは、女性が男性の後ろから股《また》抜きしたかと思いきや、その流れで男女が手を握り、女性が半回転ジャンプをするという飛び技も披露してくれた。

見ているぶんには簡単そうに彼らはやっているけれど、ボクには恐ろしく難しそうに思えた。不安になってきた。まともに立つことすらできないのに、スムーズに滑ることができるのか、と。純平、光司、明王を見ると、複雑な表情をしていた。同じ気持ちかもしれない。

曲が停止した。ダンス部の五人は最後にポーズを決めた後、ポケットからレモンを取り出し、テレビ情報誌の表紙を飾る芸能人のように柔和な笑顔を見せた。

「ブラボー」

赤星先輩が拍手をすると、純平、光司、明王、ボクも万雷《ばんらい》の拍手を送った。公園にいる親子連れも「すごい」「かっこいい」と沸いている。

その後、時間の許す限りボクたち五人はダンスの特訓に励んだ。ローラースケートを乗りこなすだけでも大変なのにそのうえダンスを踊るなんて。みな疲労困憊《こんぱい》で、足は悲鳴を上げていた。ボクは自分だけ靴というのは情けなく、あまりに悔しいもんだから、やっぱりローラースケートを履くことにした。ダンス部のサポートもありスタンディングを覚えると、ゆっくりとではあるが前方に滑れるようになった。しかし、ローラースケートを履いたまま踊るのだけはうまくいかない。どうしても尻餅をついてしまう。

赤星先輩は事前に練習をしていたようで、自分のダンスは難なくこなしていた。しかし「ちょっと喉の調子が」と歌の練習はしなかった。純平、光司、明王の三人とも、練習が終わる頃には「大体の振り付けは覚えたぞー」と小さくガッツポーズした。ボクは羨ましくなった。

結局この日、ボク一人だけすべてのダンスをマスターできなかった。まともに滑れないのだから、当然といえば当然である。

「お疲れ様。みんなありがとね」

ボクたち五人は、去りゆく麦本たちに手を振って別れを告げた。ダンス部は地方予選まで休日は予定が入っているらしく、直接指導は今日が最初で最後となった。今後は、麦本が撮影したという彼らのレッスン映像を見ながら練習することになる。

その夜、ダンス練習初日お疲れさん会が白百合亭で開かれた。

「みんなた～んと召し上がれ」

そう言って、女将の美保は次から次へとアサリ料理を運んできた。定番のアサリの味噌汁から、アサリのワイン蒸し、アサリとニラの卵とじ、アサリの炊き込みご飯、などなど。

「今夜はオレのおごりだ。どんどん食え」

赤星先輩の言葉に、「さすが赤星先輩！」と一同、持ち上げた。赤星先輩の娘蘭もこの場にいて「すごく美味しい！」とご満悦の様子。

「ねえ蘭ちゃん、どうして今日はこなかったの？」

光司が尋ねた。普段、練習のほとんどを蘭は見学していたからである。

ボクも気になっていた。蘭がいるときは必ず赤星先輩は歌っていた。だが、今日に限って自慢の喉を披露しなかった。「喉の調子が」と赤星先輩は言っていたが、本当は娘がいなかったから張り合いがなかったのかもしれない。ボクも、息子が見にきてくれたら大食いコンテストをがんばれそうな気がしていた。

「ミポロンと一緒に貝掘りしてたの１」

「自分で採ったアサリを食べるのは格別だろ～」

純平が言うと、蘭は「うん！」と元気いっぱいに返事をした。

「今日は大潮で干潮だったの。このチャンスを逃すともったいないと思って」

美保が補足するように説明した後、明王が「美保先輩の言うとおりです。だから、どのアサリも大粒なんですね」と褒めた。

しめは、ボクの大好物、アサリのバター焼きだった。ボクはガツガツと食べ始めた。その姿は、食べるというより飲み込みに近いかもしれない。

「なんで今日はアサリ料理ばかりなんです？」と純平。

「実はな」

赤星先輩がもったいぶった口調で言う。「ヒロブーがアサリの大食いコンテストに出場するんだよ」

「どうりでヒロブーは、どの料理も猛スピードで食べていたわけだ」

光司が納得した表情をした。「今夜はその予行練習ってとこか」

「みんな、ヒロブーの応援頼むな」

赤星先輩の言葉に、純平、光司、明王は「任せてください」と胸を叩いた。ボクは嬉しい反面、プレッシャーを感じていた。

3

観客がいっぱいいるなあ。

アサリの大食いコンテスト、本番三十分前。

ボクは、控室のテントから会場全体を見渡したところ、想像を超える大勢の人が集まっていて目を丸くした。一時間前まではまばらだったのに。ゆうに百人、いや二百人は超えているだろうか。駐車場のほうに目を向けると、続々と車が進入していた。

ここは、しいだアグリパークの芝生広場。奇しくも、先日ダンスの練習をしたばかりの屋外ステージで大食いコンテストが開かれることになったのである。ポスターには会場未定と書かれていたが、まさかこんな人目の多い場所になるとは……ボクは、ガチガチに緊張していた。

赤星先輩と蘭、純平、光司、明王、美保は、控室に顔を出すや、ブルーシートを敷いただけの青空観客席に座った。美保が作ってきたというサンドイッチを頬張りながら、わいわいとおしゃべりしている。まるでピクニックにきたかのような雰囲気だ。

いいなあ。

羨ましそうな目でボクが眺めていると、観客席の後方に、久美と息子たちの姿を見つけた。妻が応援にきてくれることは聞いていたが、息子たち――特に貴広がいるとは思いもしなかった。「大食いコンテストなんか興味ない」と昨日はそっけない返事だったからだ。

でも、きてくれた。ボクは少し緊張がほぐれてきた。

と、あたふたした様子で女性がテントに駆け込んできた。華奢《きゃしゃ》な身体つきのスレンダー美人で、さらさらとした長い黒髪が印象的だった。

「遅れてすいません」

出入り口の係員に頭を下げている。大食いコンテストの出場予定者は全部で十人。そのうち一人がまだ会場に姿を見せていないことは、全員に知らされていた。

女性は空いていたパイプ椅子に座った。ボクの隣である。間近で彼女を見たその瞬間、我が目を疑った。寿梨お姉さんと瓜二つなのだ。正確にはボクの記憶にある寿梨お姉さんに比べてじゃっかん老けた感はあるけれど、彼女の身体全体から妖艶《ようえん》なオーラが放たれていた。ボクは再び緊張し、表情をこわばらせた。

どうして寿梨お姉さんがここに？

いや冷静になれ。他人の空似《そらに》だ。

しかし……女性の胸元に貼ってあるワッペンをちらりと見た。出場者全員にはそれぞれ一から十の番号が割り当てられている。ボクは五番で、彼女は六番。番号の下には名前を記入することになっていて、鮫島愛梨《さめじまあいり》、と書かれていた。

鮫島……寿梨お姉さんと同じ苗字だ。気になるあまり、ボクは尋ねずにはいられなかった。

「あのー、つかぬことを伺いますが」

愛梨は髪をさらりとかきあげてうなじを見せ、目を離さずに見つめてくる。この仕草はまさに寿梨お姉さんそのもの。寿梨お姉さんの娘に違いない。あの頃、幼稚園児だった愛くるしい瞳の女の子だ。

「あなたのお母様のことなんですけど……もしかして寿梨という名前ではありませんか？」

「よくご存じですね！」

ボクの頭の中で記憶のレコードがプレーヤーにセットされた。【ハイ！・グッドバイ】のイントロが流れ始める。ざっくりとだが、ボクは寿梨お姉さんとの思い出話を聞かせた。もちろん恋心を抱いていたことや詐欺まがいの商売をしていた事実は言わなかったけれど。

「お母様は今おいくつですか？」

年齢不詳だったので、いちおう聞いてみたかった。

「五十九歳です」

「ご、五十九？」

素早く計算した。現在ボクは五十歳で、あの頃は八歳。つまり、初めて出会ったときの寿梨お姉さんは十九歳ということになる。未成年だったことも驚きだが、もっと衝撃的なのは娘を産んだときの年齢だ。

愛梨は当時たしか幼稚園の年長組。ボクと二歳しか違わない。ということは、寿梨お姉さんは十四歳で母親に！

その瞬間、ミスター・チャイルズの曲【おしるこ】が頭をよぎった。

♪ダーリンリンリリ〜ン。

一体どんな人生を歩んできたのだろう。寿梨お姉さんの元にはアプローチする男性が絶えなかったが、娘の苗字が変わっていないことから今も独身のようである。

「お母様は今日、会場にきてるんですか？」

単純に、会いたいと思った。会えなくとも、ひと目見たいと思った。

「きてるというか裏方です。わたしが遅れてきたことが申しわけないらしく、手伝わせてください、ってさっきここのお偉いさんに頼み込んでいました。で、採用されたみたいです。お母さんちょっと強引なところがあるから」

意外だな、とボクは思った。寿梨お姉さんは人に頭を下げるようなタイプではなかった。と、ブザーが鳴った。本番五分前を知らせる合図。出場者一同、番号順に出入り口に並んだ。もう一度ブザーが鳴った。ついに本番である。MC兼進行役を務めるのは、地元出身だという若手のお笑いコンビ。彼らがフリートークで観客席を温めた後、いよいよ大食いコンテストのスタートだ。一人一人紹介され、出場者たちはステージに向かった。

ボクの番がきた。緊張感はマックスで額から玉のような汗がどっと溢れ出す。ステージに出て大勢の人たちを見た瞬間、さらに身体が硬直した。手と足を同時に出して歩くという恥ずかしい姿を晒《さら》してしまった。案の定、客席からは笑い声が起きる。

「リラックスリラックス！　あなたがんばって！」

妻の声が耳に入った。松広、竹広、梅広の三人も「お父さんファイト～」と応援してくれているのに、貴広の声は聞こえない。MCから「意気込みは？」と質問を受けたが、ボクは「がんばります」としか言えなかった。とにかく緊張しまくりで、口の中がカラカラに乾いていた。早く大好きなアサリを食べたい。食べることに夢中になれば周囲の雑音も気にならないかもしれない。

出場者たちは横並び一列に座った。アサリの大食いコンテスト、ということだが、どのようなアサリ料理なのかは知らされていない。裏方のスタッフたちが料理を運んできた。

アサリのバター焼きだった。

よっしゃ。ボクは心の中で雄叫《おたけ》びを上げた。アサリ料理の中で好物中の好物。この日のために毎日アサリのバター焼きを食べて特訓を積んできた。きっと本番はアサリのバター焼きだろうと。その読みは見事に当たった。

ボクの目の前に大きなフライパンが置かれた。あつあつのアサリが美味しそうに踊っている。小皿はなく、用意されたのは、箸《はし》一膳だけ。ボクとしてはスプーンのほうがよかった。カレーを食べるような感覚で胃袋に流し込めるからである。

あ、箸でも流し込めないこともないか。そう思ったが、瞬時に無理だとわかった。フライパンが熱を帯びているので、ラーメンのスープを飲み干すように直接口をつけると、火傷《やけど》することは目に見えていた。

各出場者の後ろには、できたてのアサリのバター焼きが入ったフライパンを持つスタッフが十人立っていた。フライパンを素早く交換できるようにするための措置《そち》だ。

ボクは何気《なにげ》なく後方に目をやった。寿梨お姉さんと思《おぼ》しき女性がいる。白髪が目立っていたが、昔の面影は残っていた。愛梨の後方に立っていたので、担当なのだろう。母子二人三脚で協力して優勝を狙おうということか。ちょっとずるいな。だけど、そうした彼女の態度が逆に寿梨お姉さんらしいな、と思った。競技終了後に話す機会があったら、ボクのことを覚えているか聞いてみよう。

バン！　ＭＣがスタータービストルを鳴らした。

同時に、出場者一同、一心不乱にアサリを口の中に放り込んでいく。ボクは、他の選手を気にすることなく、箸でアサリをつまんでは飲み込み、つまんでは飲み込み、を繰り返す。噛んでいる暇はないのだ。ひとつめのフライパンをぺろりと平らげると、後ろにスタンバイしていたスタッフがタイミングよく二つめのフライパンをセッティングする。

「いいぞー、ヒロブー。その調子だ」

赤星先輩の声。順位はわからないが、発言内容からトップのようである。ボクに気合のスイッチが入った。絶対に優勝してやる。お父さんはやるときはやるんだ、と貴広に見せてやる。デブは嫌だ、なんて二度と言わせないぞ。

ボクはピッチを上げた。ひたすらに飲み込む。制限時間は十分。周囲を見渡すと、ボクと同じくらいの大柄な男が、ボクと同じくらいのペースでアサリを次から次へと飲み込んでいた。

コイツ、やるな。でもボクは負けないぞ！

どれくらいの時間が残されているのかわからない。二つめのフライパンを空にし、三つめに入った。

ボクは絶対に負けないぞ!!

その思いを強くし、さらにピッチを上げたそのときだった。ボクの頭の中で、名作映画「スタンド・バイ・ユー」のパイ食い競争のシーンが浮かんだ。それがいけなかったのかもしれない。

集中力が途切れ、「うっ」と喉がつかえた。ほどなく「うっ」と戻しそうになり、「うっ」と三度めの呻《うめ》き声を上げた瞬間、消化不良のアサリたちが、なんとも形容しがたい色の吐しゃ物に混ざりテーブル上に大量に吐き出された。

周りを見ると、映画と同じように会場にいる人たちは吐いていなかった。オマージュしたのはボクだけ……一人「スタンド・バイ・ユー」……。

応援してくれていた赤星先輩たちの声が、妻の声が、子供たちの声が溜息に変わった。

ボクは恥ずかしさと情けなさでいっぱいになる。観客席を見ることができない。頭を抱え、うつぶせに丸まった状態で床に崩れ落ちた。

バン！　二度目のピストルが鳴った。競技終了の合図である。「優勝は三番です」とＭＣが発表した。見なくてもわかった。大柄な男だ。

と、女性の悲鳴が響き渡った。ボクは顔を上げて声のしたほうを見ると、寿梨お姉さんがわなわなと身体を震わせ、「大丈夫？」と心配そうに娘を見つめている。ボクは立ち上がり、愛梨の顔を見たところ、口元が血まみれだった。

「コレは何？」

寿梨お姉さんは指で何かをつまんでがなり立てた。「なんで料理の中にこんな危ないものが入っているのよ！」

会場にいるみなの視線が、寿梨お姉さんの指先に集まる。ボクも目を凝らした。

ガラス片だった。

「責任者は誰？　ちょっとココにきてよ」

寿梨お姉さんは額に青筋を立て、気難しい顔をしている。

「責任者はオレだが」

そう言って颯爽とステージ上に現れたのは、赤星先輩だった。

「赤星先輩！　マジですか？」

ボクは言った。この「マジですか？」には二つの意味がある。本当に責任者ですか？　と、なんで嘘をついてまでこの場にいるんですか？　だ。

観客席は騒然としていた。赤星先輩が声を張り上げる。

「みなさん聞いてください！　これは演技です。ガラス片は、あの女性が仕込んだものです！」

「なんですって！」

寿梨お姉さんが突っかかる。「しょ、証拠は！」

「証拠ならここにあるぜ」

と赤星先輩はスマホを高々と頭上に上げた。「みなさん、お手持ちのスマホで三つのキーワードを入れてネット検索してみてください。料理、ガラス片、演技。この三つです。証拠はそれです」

観客一同、すぐさま検索した。「ありえない」「またやるう？」などと驚きと呆れた声が飛び交う。

【アカデミー賞もの？　母子で迫真の迷演技　口の中は血だらけ　料理にガラス片を混入して慰謝料請求】

ボクもオーバーオールの胸当てのポケットからスマホを取り出して検索すると、こんな見出しのニュースが検索上位に表示された。クリックし、事件の詳細を確認する。

驚くことに鮫島寿梨と愛梨の名前があった。容疑は詐欺。鮫島親子は九州各地で複数の飲食店から「料理にガラスが混入していた」などと嘘をつき、治療費と慰謝料を要求。被害者役の愛梨はカミソリなどの鋭利なモノで事前に口の中に傷をつけ、出血させていた。治療費は再び来店した後に偽造した病院の領収書を示すという計画的な犯行だった。取り調べによると、鮫島親子は、生活困窮を理由にこのような騙《だま》しの手口で無銭飲食を繰り返し、収入を得ていたらしい。

配信された日付を確認すると、一年前のニュースだった。赤星先輩が定食屋【あいよ】で夢中になって見ていた新聞記事はこれだったのだ。犯罪者の中には罪を繰り返す者がいるというけれど、ボクはにわかに信じられなかった。アサリの大食いコンテストの優勝賞金は十万円。たかが十万円、されど十万円。鮫島親子にとっては、心を狂わせる魔物だったのかもしれない。

「寿梨お姉さん」

声をかけるつもりはなかったが、心配のあまりボクはつい口に出してしまった。

「アンタ誰？」

「幸広です。浅黄幸広」

「知らないねえ。アンタみたいなデブ」

予想どおりの言葉が返ってきた。それほどショックはない。だけど、心の中は傷ついていた。犯罪に手を染めたという事実に。ボクは聞かずにはいられなかった。

「なんでこんなことしたんですか？」

「ああ？　アンタにわたしの何がわかる？」

そう言われたら反論しようがない。寿梨お姉さんは、筆舌に尽くしがたい波乱万丈な人生を送ってきたに違いない。鮫島親子は、屈強な男性スタッフに挟まれた状態で会場を後にした。警察に連行されるのだろう。

ボクの頭の中で【ハイ！・グッドバイ】のイントロが再び流れ始めた。これで本当に最後の【ハイ！・グッドバイ】。寿梨お姉さんを二度と思い出すことはないだろう。

ふと、ボクは観客席に目をやった。妻と松広・竹広・梅広の姿は確認できたが、貴広はいなくなっていた。

その夜、三つ子を連れて久美と一緒に夕食の買い物をして帰宅すると、貴広は自室に引きこもっていた。貴広のスマホに電話をかけても繋がらず、家出したのでは？　と心配していたが、いつもと変わらない日常にほっとした。

「貴広」

しかし、ドア越しの呼びかけに返事をしてくれない。観客の面前でゲロを吐くという醜《しゅう》態《たい》を晒した父親に呆れたのかもしれない。愛想を尽かしたのかもしれない。これで最後にしたくない【ハイ！・グッドバイ】。もう一度チャンスがほしい……。

「貴広はわかってくれる」

食事の間、久美はそう言って励ましてくれた。けれど、一体どうすれば……？

風呂からあがった後、ボクはなんとはなしにテーブルの上の郵便物――クレジットカード会社からの請求書を手に取り、明細を確認するや目を剥いた。請求額がウン十万円。こんなことは初めてだった。見覚えのない会社名が記載されている。

クレジット情報を盗まれた？　スキミング？　ハッキング？

買い物では、ボクは現金よりもポイントが貯まるクレジットカード派。いつ、どこで、誰の仕業によるものなのか、さっぱり見当がつかない。キッチンで洗い物をしている妻にも聞いたが、知らないという。

ボクは急いでネット検索した。怪しい会社だけにヒットするとは思えなかったが、すぐに判明した。怪しいどころか、名のある会社だった。ボクがその業界に疎《うと》く、知らなかっただけである。

これを受けて、多額の請求金の原因がわかった。同時に、貴広が突然引きこもりを始めた理由も。まだ仮説ではあるけれど、ボクは親子の関係を修復できそうな気がした。

4

午前零時を回り家族全員が寝静まった後、ボクは忍び足で寝室を抜け出すや居間で寝間着からジャージに素早く着替えた。次に、台所の収納棚に常備している様々な菓子の中から適当にいくつか選んでスポーツバッグの中に詰め込むと、冷蔵庫から冷たい麦茶を取り出して大きな水筒に入れた。

これでよし。

右肩にスポーツバッグ、左肩に水筒をぶらさげ、物音を立てないよう自宅を出ると、自転車に乗った。自転車の前カゴに積んでいるスポーツバッグのファスナーは少し開いていて、黄色のローラースケートが顔を覗かせている。

しいだアグリパークに到着すると、ボクは自転車を適当な場所に駐めた。いつものことだが、この時間帯、あたりは真っ暗である。何かにつまずいて転ばないよう懐中電灯で足元を照らしながら、スポーツバッグと水筒を抱えて屋外ステージのほうへ歩いていく。

突然、屋外ステージがぱっと明るくなった。目を開けていられないほどにまぶしい。

なんだ?

明るさに目が慣れてきた。よく見ると、両サイドにスタンド式の投光器が二つずつ置いてあった。夜間工事でも始まるのか?……しかし、発電機特有のうるさい運転音がしていない……バッテリー内蔵の投光器かな……そんなことを考えていると、

「よー、ヒロブー」

ステージの奥から、純平がゆっくりと姿を現した。

「やっときたな」

続いて、光司が登場してくる。

「ずいぶんと待たせるじゃねーか」

最後に、明王が顔を出した。

「え」

ボクは最初、三人がなぜここにいるのか理解できなかったが、三人ともローラースケートを履いていることに気づいた途端、嬉しさが込み上げそうになった。

「一人で練習なんて、抜けがけはよくないぞ～」

純平が冗談めかして言う。「それにしても驚いたよ。昨日の夜、ジョギングしてたらヒロブーが自主練してるんだから。しかし、明かりが懐中電灯だけというのは危ないなあ。怪我したらどうする」

「それでわざわざ投光器を用意してくれたの？」

ボクが尋ねると、光司が受けた。

「ものの本によると、この投光器は大容量バッテリーで、連続八時間点灯するらしいぞ」

光司の口癖にボクは思わず噴き出し、心の中でつっこむ。

ものの本って説明書だろ！

「なあ。時間が時間だし、さっさと練習をおっぱじめようぜ」

明王は眠いのか、そう言うと大きなあくびをした。

「みんな、ありがとう……」

三人の心遣いに素直に感謝しつつ、ボクは目頭が熱くなった。

この日からボクたち四人は、毎晩ここで練習に練習を重ねて――。

ある日のこと。

「やるじゃんヒロブー」

赤星先輩が親指を立て、真っ白な歯を見せた。

「ボクが本気を出せばちょろいもんです」

ローラースケートですいすいと滑りながら、ボクも親指を立てた。

青春おやじフィフティーズの練習場所は、しいだアグリパークの屋外ステージをホームグラウンドとすることに決めた。屋根があるので小雨程度なら天候を気にせずに練習に励むことができる。

ただし、「練習だからって勝手に客を集めてお金を取ってはダメですよ。いちおう町が管理運営してるんですから」と麦本から釘を刺された。「麦本の奴、クソ真面目だなあ」と赤星先輩はぼやいていた。

それなりに人に見せられるパフォーマンスになったら、赤星先輩は、近所のガキどもを集めてレッスン料を徴収したり、そのついでに駄菓子を販売する計画を立てていた。なんともセコい。そんな赤星先輩を、ボクはときどきわからなくなる。人間としての器が大きいようで、小さい。

この日は実践的合同練習の三回め。赤星先輩、純平、光司、明王はローラースケートを無難に乗りこなしていたが、ボクはみなに比べるとまだまだ未熟だった。やっぱり尻餅をついてしまう……。

このままではいけないと、ボクは死に物狂いで練習した。真夜中の屋外ステージで一人黙々と。そして、自主練していたことが純平にバレてからは、純平・光司・明王と一緒に練習に励んだ。

数え切れないくらいに踏んだ足踏みと歩きに歩いたウォーキング。スケーティングも難なくできるようになった。もちろん滑るだけじゃない。止まり方もマスターした。片方のかかとにもう片方の足を直角に寄せて止まる、初歩的なT字型ストップ。ローラースケートの前部についているストッパーを路面にこすりつけて止まるトー・ストップ。そして、前足を軸にして後ろ足を横に伸ばして止まるサイド・ストップ。サイド・ストップは、純平、光司、明王の三人はスムーズかつカッコよく止まることができなかったのでボクは鼻を高くした。

「やるじゃん、お父さん」

貴広の声が聞こえた。ステージ横の後方に立っていた。

いつからそこにいたのだろう。この日の朝、「時間があったら見にきてくれないか」と登校前の貴広に言っていた。「考えとく」と無愛想にひと言返事があっただけ。だけど、ボクにはくるとわかっていた。

「貴広、ちょっといいか。大事な話がある」

大食いコンテストが行われたあの夜遅く、ボクはキリリとした顔つきでドア越しに声をかけた。「クレジットカードのことなんだが」と言うと、ドアがゆっくりと開いた。

「ごめんなさい」

貴広の目が潤んでいた。立ち尽くしたまま、ぼろぼろと涙を流した。泣きじゃくる貴広を見るのは初めてだった。ボクは部屋に入り、父子二人だけで話をすることに。

デブは嫌だ。貴広がそう思っていたのは間違いない。しかし、それは引きこもりの直接的な原因ではなかった。後づけだった。太り出してから引きこもったというのは、ボクの勘違いだったのである。

そもそも貴広が引きこもるようになったきっかけは、ネットゲーム。貴広が通う中学校では、緊急の連絡をしなければならないケースも考えられることから、携帯電話の持ち込みはOKだった。けれど、授業中は電源を切っておかなければならない。休み時間にネットゲームで遊ぶのはもってのほかだが、生徒の誰もその規則を守っていないという。

貴広は仲間外れにされたくないと、軽い気持ちで始めたのだった。最初は課金《かきん》するつもりはなかったもののネットゲームの面白さにハマり、アイテムほしさに購入してしまった。ボクのクレジットカードで。暗証番号が父親の誕生日であることは知っていた。ゲームに行き詰まるたびに課金した。罪悪感を覚えつつもやめられずネットゲーム依存症に陥った。

父親に言えないものだからますます引きこもるようになり、結果的に貴広は太っていった。

「わかった」

それだけ言うと、ボクは怒らなかった。親としての責任、子供たちをきちんと管理できていなかったという負い目もあるが、何よりも正直に打ち明けてくれたことが嬉しい。

一方、ネットゲームというものを理解していなかったボクも悪いかもしれないと思った。ボクはファミコン世代で、ゲームの面白さは知っているつもり。しかし、ネットゲームの面白さはわかっていない。貴広のようにハマってしまう恐れから、あえて食わず嫌いの状態にしていた。だが、その夜はちょっと体験してみようと思った。貴広の気持ちに寄り添うために。

貴広が今ハマっているのはモンペアモンスターというゲームだった。

どこかで聞いたことがあるな。ボクはすぐに思い出せなかったが、ワイドハッピネスという名前で参加すると、貴広のチームにさっそく入れてもらった。貴広はワイドプレシャスと名乗っていた。

やっぱり親子だな。ボクは、キャラの名前のつけ方が似ているというだけで頬が緩んだ。やるぞー、と思ったそのときだ。同じチームの中に、レッドスター、というキャラがいることに気づいた。貴広によると、最近加わったメンバーらしい。ボクは、レッドスターなるプレーヤーが、赤星先輩であることは容易に想像できた。

志を立てるのに遅すぎるということはない。

赤星先輩の口癖が、レッドスターの口から雑談をしているときに飛び出した。レッドスターはボイスチェンジャーなどで声色を変えているようだが、ボクは、レッドスター＝赤星先輩、に違いないと思った。

貴広が大食いコンテストを見にきてくれたのは、レッドスターのおかげかもしれない。

今日。貴広は練習の見学にきた。貴広がレッドスターと赤星先輩が同一人物であると認識しているかどうかはわからないが、父に対する悩みをレッドスターに打ち明け、何かアドバイスを受けたのだろう。

「顔を見せるだけでも親孝行になるかもしれないよ」とか、「父親の努力の成果、見る価値あるよ」とか。想像の域を出ないけれど、ボクにはそう思えてならなかった。

――やるじゃん、お父さん。

貴広の褒め言葉が思い返された。父親としてこんなに嬉しいことはあるだろうか。親が子を褒めることはあっても、子が親を褒めることはあまりないような気がする。

「貴広くん」

赤星先輩が言った。「君の父親はただのデブじゃない。踊りに踊れる最高のデブだぞ。おいヒロブー。もう一度、お前のスゴさを見せてやれ！」

意気揚々とした顔で、ボクはターンした瞬間、ステン、と後ろ向きに転んでしまった。本当の意味で息子から尊敬されるのは、まだ先のことかもしれない。

第四話　仁義・LOVEしてもらいます　～桃尻明王の巻～

1

「コラ明王！　聞いてるの？」

奥のカウンター席でうとうとしていたわしは、妻由衣《ゆい》の大きな声で「ハッ」と目を覚ました。由衣は仕事用の着物に着替え、背後で仁王立ちしていた。

「買い物は？」

由衣は片眉を上げ、怒りと呆れが入り交じった顔をした。

「ごめん！　今すぐ買ってくる！」

言いながら、わしは由衣が経営する小さなスナック【あっとほ～む】を飛び出すと、路地裏に駐めてあるママチャリにまたがり、近くの御手洗《みたらい》商店へと急いだ。

疲れが溜まっているのかなあ。このところ練習は毎日。練習時間が決まっていないことも疲れが蓄積する要因かもしれない。早朝だったり夕方だったり。真夜中になることもある。五人の予定を合わせようとすると、どうしても集まる時間が不規則になってしまう。練習日数が増えるのは仕方ないと思う一方で、わしの人生、本当にこれでいいのか？と自問自答していた。

御手洗商店に到着すると、シャッターが下りていた。

マジか。沈んでいく夕陽が町全体をオレンジ色に染め始めている。ここの店主は殿様商売で、猿のような顔をした皺くちゃ親父の気分次第で早々と閉店してしまう。営業時間は十時から十九時までだが、守られたことはない。臨時休業も頻繁《ひんぱん》でシャッターの前には理由を明記したメモ紙が自慢するかのように必ず貼られている。【孫の運動会に参加します】といった家族思いの理由はよいとしても、【地下アイドルのオフ会に参加します】などの個人的な趣味による臨時休業はどうかと思う。

わしは再びママチャリに乗ると、醤油を一本買うためだけに国道沿いにある大型ディスカウントストアへと向かった。頼まれていた品物を購入すると、出入り口付近にあるオープンスペースの席に座った。スナックの営業までまだ三十分ある。ゆっくりと自転車を走らせても余裕で開店時間の十分前に到着する。缶コーヒーを飲みながらひと息つくことにした。

わしの人生、本当にこれでいいのか？

またこの言葉が頭をよぎる。十字架のネックレスを何気なく手に持ち、しばし見つめる。クリスチャンじゃないんだけどなあ。なんとなく面白いかな、と思って演じているだけなのに。赤星先輩、純平、光司、幸広、美保、誰一人としてつっこんでくれない（赤星先輩はスルーしている可能性が高いが）。最も身近な存在である由衣でさえリアクションがない。かといっていまさら、演技でした、なんて恥ずかしくて言えない。本当のわしは虚勢を張っているだけの小心者で、かまってちゃん、なのに……。

わしは母子家庭で育った。父親は誰なのか知らない。母は飲んだくれのだらしない人間で、男は顔さえ良ければいいという尻軽女。付き合ってきた内縁の夫はみな経済力がないくせして、幼い頃のわしに威張り散らした。ダメンズでもいなくなると困るから、母は注意しなかった。目の前で実の子が殴られているというのに。

そんな環境で生活していたためか、わしは気の弱い性格になった。大人に反発してはいけない。逆らったら飢え死にしてしまう。その一方で、少々甘えん坊な雰囲気を出したほうが、大人は「しょうがねえな」とかわいがってくれる。子供心にそう思った。やがて小学校の高学年になり、新聞配達や牛乳配達、ポスティングなどのアルバイトを始めると、大人に頼らなくても生きていけそうな気がした。

　小学校の卒業式を終えたその夜。

「家出しようと思ってる」

　その気はなかったけれど、わしは母の反応を伺うつもりで言ったところ、「そう」のひと言で片づけられた。それを機に本当に家出し、毎日のように遊んでもらっていた赤星先輩の家に転がり込んだ。正確には、赤星先輩が父親から与えられたという離れの小さな家。赤星先輩の父親は地元の名士で、自宅は広大な敷地を誇る大豪邸だった。

「別にいいよ」

　赤星先輩はそう言って快く受け入れてくれた。もちろん赤星先輩の両親と学校には内緒だ。家庭訪問の際、自宅のあるボロアパートに一度だけ帰宅した以外、居候《いそうろう》させてもらった。ところが三ヵ月後、無関心だった母が学校に連絡したせいでわしは自宅に戻ることになるのだが。

　居候するや赤星先輩の影響でアイドル好きになると同時に、わしは中学デビューすることが決まった。「地味な風貌だった小学生が突然、金髪角刈りの不良に変身したら面白くない？」という赤星先輩の思いつきで。そして赤星先輩は「学生服を紛失した」と嘘をつき父親にもう一着買ってもらうと、知人の仕立て屋に頼んで、短ラン、ボンタンの不良仕様に仕立て上げた。

「いいねーコレ。格好ばかり一流で。バリバリの不良の誕生だ」

「不良は見た目とハッタリが大事だ。いつも眉間に縦皺を刻んでいろ。そして、世間様には背を向けるんだ。とにかく、ありとあらゆるものに反抗しろ」

「これからお前のあだ名は、やーさんだ」

言われるがままにわしはそうしたところ、周囲の者はドン引きし、一定の距離を置かれるようになった。それまで仲の良かった純平、光司、幸広までも。

「赤星先輩、どうしてくれるんですか！」

わしは抗議したが、赤星先輩は「とりあえず、このまま不良スタイルでいこう。面白いことになるはず」と意に介さなかった。

案の定、当時の不良グループのリーダーだった三年生に、わしは目をつけられた。

ある日の放課後、そのリーダーから校舎裏に呼び出された。いつもなら取り巻きがたくさんいるはずなのに一人だった。なめられていたのかもしれない。実際、なめられて当然なわけだけれども。

「お前か。いきがってる新入生というのは」

根が小心者だけに、わしは内心びびりまくっていた。表面上はガンを飛ばしながら、赤星先輩どうしてくれるんですか！と心の中で叫んだが、その場に赤星先輩はいない。

そのときだった。足元が突然、ぐらぐらと揺れ始めた。地震だ。わしは何かに足を滑らせて後方に頭から転倒した。そこから一時の記憶はない。意識を回復して起き上がると、目の前にリーダーが仰向けに倒れていた。ボクサーに殴られたかのように顔全体が赤黒く腫れている。信じられない思いでわしが立ち尽くしていると、リーダーの手下と思われる輩《やから》が次から次へとやってきた。

「お前がやったのか？　狂犬と恐れられているリーダーを」「信じられねえ」「ほんまもんの狂犬だ」口々にそう言って騒ぎ、転がるように立ち去った。

翌日から突如、わしはリーダーの取り巻きに押し立てられ、不良グループのトップに躍り出た。リーダーは病院に運ばれた後、不登校になったという。

「な、面白いことになっただろ」

赤星先輩にポンと肩を叩かれた瞬間、わしは背筋に冷たいものが走った。リーダーを倒したのは、実は赤星先輩ではないかと。しかし、聞けなかった。恐ろしすぎて。

それからの中学校生活は、ある意味バラ色だった。小心者でも強がることができたからである。母からも一目置かれるようになった。その母は、中学卒業後に亡くなったが。男から病気をもらったのが死因らしい。母らしい死に方ゆえに、わしは涙が出なかった。

赤星先輩には大いに恩義を感じていた。だから生徒会執行部に誘われると、その恩義に報いるべく入部した。とはいえ、ＳＨＯＷ☆ＴＯＫＵ太子の歌真似を命じられたときには

「そんなのやってられるか！」とキレてしまったけれど。

中学を卒業した後は、母方の遠縁の親戚に世話になり、高校だけは出させてもらった。純平たちには言えないでいるのだが、高校では一転お先真っ暗の灰色生活だった。格好ばかり一流で中身は三流だとバレたのである。

しかし、見た目は強面とあってか就職はうまくいった。広島にある中堅の消費者金融会社で、担当は債権回収係。いわゆる取り立て屋だ。スーパールーキーともてはやされるも生来《せいらい》の気弱な性格が露呈し、仕事がうまくいかない。

そんなときに出会ったのが、由衣である。彼女も母子家庭で母親とスナックを経営していた。母親が多重債務者だった。わしは客を装って由衣に近づき、母親の人となりを探った。無理のない借金返済方法を考えるために。「金返せ」と脅しに近いやり方をわしは好きになれなかった。

身辺調査の結果、皮肉にも由衣の母親は男にだらしないと判明。わしの亡き母と面影が重なり、憤りが込み上げてきた。そんな母親でも由衣は懸命に支えていた。ダメ男と強引に別れさせたりして、母親を立ち直らせようとしていた。

いい女だな。おせじにも美人とは言えないが、由衣はどこか男好きのする顔立ちだった。低い鼻と少し厚みのある唇は愛嬌があった。

素敵な女性だな。わしは惚れた。「好きです」「付き合ってください」と、ピュアな一面を素直に見せようとしたが、照れが勇気を上回り言えない。由衣はひとつ年上。これまで上下関係だけは明確にしてきたわしにとって、しかも年上の女性に告白するなんて恐れ多いのだ。

どうしたら思いが由衣に届くのか？　考えた末に出した結論は返済金の先延ばしだった。由衣が母親に代わって一生懸命に働き、借金を返そうとしているのがわかったからである。

当然、上司からこっぴどく叱られた。

「この仕事なめとんのか？」「やる気がないならクビにするぞ」と。

「上等だ！」

ついカッとなり、わしは辞表を提出した。後先考《あとさき》えずに。途方に暮れていたわしを救ってくれたのは、由衣だった。商店街で買い出し中の彼女と鉢合わせしたとき、自虐的に失業中だと打ち明けた。

「なんならしばらくウチで働く？　給料は出せないけどご飯は食べさせてあげられるわ」

わしは藁にもすがる思いでその好意に甘えると、店の雑用係兼母親の監視係を喜んで引き受けた。由衣によると、スナックの経営が軌道に乗り、借金返済の目途が立ちそうなのだが、母親の管理が行き届かないという。

「お安い御用だ」

わしはダメな母親の扱いを心得ていた。付かず離れずのほどよい距離感で由衣の母親と接しているうちに、わしは信頼を得るようになった。それが功を奏したのかわからないが、由衣と付き合うようになった。どちらから交際を申し込んだわけではなく、自然な流れで。ほどなく由衣が身ごもると、わしたちは籍を入れた。こちらもどちらからプロポーズしたわけでもなく、自然な流れで。結婚式は挙げなかった。経済的な理由もあるけれど、生まれてくる双子の女の子――稲穂《いなほ》と実乃里《みのり》のためにお金を使おうということで一致した。

稲穂と実乃里が誕生した。そして、娘たちが小学校に入学し、子育てが少し落ち着いたところでわしは仕事を探した。いつまでも専業主夫というわけにはいかないからだ。だけど、いかつい顔のわしに取り立て屋以外の仕事を見つけるのは容易ではなく、結局、同業他社の消費者金融会社に再就職した。担当は債権回収係。今度は債務者に感情移入するのはやめよう。そう思って仕事に励むのだがやっぱりうまくいかない。解雇、消費者金融会社に就職、解雇の繰り返しが続いた。

「この甲斐性《かいしょう》なし」

由衣に初めて罵《ののし》られた。そして、気弱なために取り立てをできなかったことがバレてしまった。少なくとも由衣の母親が抱えた借金だけは優しさで先延ばしにしたのだが信じてもらえなかった。

それからである。由衣との立場が逆転したのは。「明王さん」と呼んでくれていたのが、「明王」になった。年下なのでその程度のことは気にならなかったが、以後、由衣の忠実なしもべとなる。自他共に認める恐妻家だ。

「気の毒だねえ」

義母が心配してくれた。「実はあの子、わたしを反面教師に男にはキツくあたるところがあるのよ。大人しそうに見えて本当は気性が荒い。今まで猫かぶっててごめんなさいね」

結婚して十三年。ある意味、由衣の根性は据わっている。その言葉を最後に、義母は大往生でぽっくりとあの世へ旅立った。それが約半年前のこと。

気性が荒いか……言われてみれば、その片鱗《へんりん》を見せていたかもしれない。「肩揉んで」「足のマッサージをして」といった小間使いが増えていった。由衣が家事をするのはスナックで客に料理を出すときだけ。私生活ではわしが毎日の献立を考え、調理している。わしはそんな奴隷みたいな日々から逃れるべく、強面の顔でも雇ってもらえそうな職探しに奔走した。しかし、なかなか見つからない。

「この甲斐性なし」

いつしか由衣の常套句《じょうとうく》になった。言われるたびにわしは腹が立ち、挙句《あげく》こんな暴言を吐いてしまった。

「おどりゃー田舎に帰れば子分がごまんといるんじゃ。仕事なんて楽勝で見つかるわ！」

「じゃあ、そうしましょ」

竹を割ったようなところがある由衣は、直ちに店を畳んだ。そして、わしは家族四人で築上町に戻ってきた。それが今年の三月。由衣は事前に貸店舗兼住居の候補物件を調べていた。帰省したその日のうちに物件を決めて契約を交わすと、スナック【あっとほ〜む】を再オープンさせた。亡き母親の借金はすでに完済していて、由衣にはいくらかの余裕資金があった。

「ここでは甲斐性なしなんて言わせないでね」

ムッとしたが、言い返せない。わしは、有言実行を果たすべく職探しを始める。そんなとき、赤星先輩に再会した。

「アイドルやろうぜ。今度はマジで」

マジも何も一度もアイドルになろうと思ったことはない。だが、赤星先輩には逆らえなかった。恩義があるからだ。人として仁義は通さなければならない。

と、スマホの着信音が鳴った。由衣からだ。

『どこまで買い出しにいってるのよ！』

わしは、ディスカウントストアの壁掛け時計を見た。スナックの開店時間を過ぎている。どうやらまたうとうとしていたらしい。わしは猛スピードでママチャリを走らせた。到着して店の扉を開けるや、由衣は待ち構えていたかのように腕組みし、青筋を立てていた。

「ごめん！」

片手を顔の前に出しながら、もう片方の手でハンディボトルの醤油を一本差し出した。

「コラ明王！」

思ったとおり……とはいえ、耳が痛い。

「それ、違うんだけど。わたしの話、聞いてたの？」

由衣が口元を歪《ゆが》める。「頼んだのは醤油じゃなくて、ソース」

「焼きうどんじゃないの？」

由衣が作る焼きうどんは絶品と客に評判で、店一番の人気メニューだ。わしは、習慣でつい醤油を買ってしまった。

「今日の常連さんは焼きそばが好きなの。わざわざ食べにきてくれたのよ」

と、奥にあるトイレの中から「由衣ママ、今夜は焼きうどんで構わないよ」と声がし、ドアが開いた。

「赤星先輩！」

わしは声を震わせた。

「知り合い？」

由衣が驚いてわしを見ると、赤星先輩も「やーさん」と目を見張った。

「由衣ママの旦那ってやーさんだったのか。こりゃ驚いた。しかし、すっかり尻に敷かれてるみたいだな。おもしれえ」

赤星先輩は顔を真っ赤にして大笑いした。酔いも手伝いご機嫌のようである。由衣は普段、「守秘義務があるから」と客のプライベートをペラペラと喋ることはない。わしは、常連客の一人に赤星先輩がいるとは知らなかった。「やーさんの奥さん、何してるの？」と聞かれたことはあるが、「専業主婦です」と嘘をついていた。正真正銘の恐妻家とバレるのが恥ずかしかったからだ。

「赤星先輩、夜遅くここにいても大丈夫なんですか？　蘭ちゃんは？」

「それなら心配いらない。子守を頼んでいるから」

わしは安堵した。美保先輩が面倒を見ているのだろう。わしにも二人の娘がいるだけにまずその心配事が頭をかすめた。もしも赤星先輩が幼い娘をほったらかしにして出かけたのなら、わしは同じ父親としてぶん殴って……もとい、仕返しが怖いので優しく平手打ちしてやろうと思った。

と、二人連れの中年男性がやってきた。由衣は「いらっしゃい」と笑顔で応えると、わしを一瞥《いちべつ》し、後ろ手でシッシッと振る。二階の住居に引っ込んでいなさい、という意味だ。わしはいったん店を出て裏口に回り、外階段を上がった。

スナック【あっとほ〜む】は、亡き義母が開いた店。由衣は二代目だ。疲れた男性客が癒されるもうひとつの温かい家、がモットー。義母は逆に癒しを男性客に求めてしまって店が傾いたけれど。原則、裏方は女性のみで男子禁制。わしは店に顔を出すことはない。急なおつかいや泥酔客の介抱などに備え、二階で待機というのがわしに与えられた基本的な役割だ。

客によっては「女の子に介抱されたい」という者もいて、由衣が他の客の接客で忙しいときやわしが留守にしている場合は、稲穂と実乃里の登場となる。今年で中学一年になった娘たちは、母親に似て肝が据わっているというか、エロオヤジと化した客の扱いを心得ていて、尻を触られても「別に減るもんじゃないし」「これでお店が繁盛するなら安いもん」と二人とも平然とした顔をしている。だけど胸は別のようで「おどりゃ〜どこ触っとるんじゃ〜」という怒鳴り声が夜のしじまを引き裂く。おーこわ。わしは何度そう思ったか数え切れない。

オープン当初こそ閑古鳥《かんこどり》が鳴いていたが「由衣ママは歌が上手《うま》い」という評判が口コミで広まると、由衣ママとのデュエット目当てに通う男性客が増えていった。セット料金は二千円から三千円程度と割安。時間無制限で閉店まで飲むことができるというのも商売繁盛に繋がっているのかもしれない。

すごい女だな。わしは由衣を尊敬するようになった。桃尻家は由衣のおかげで食べていける。娘たちを余裕で養える。「仕事なんて楽勝で見つかるわー」と啖呵《たんか》を切ったものの、正直、夫としての立場がない。

わしの人生、本当にこれでいいのか？

だから今、悩んでいる。

わしは小腹が空いたので、茶箪笥《だんす》の引き出しを開けた。自分用にと買い置きしている成《なり》金饅頭がたくさんある。ひとつ掴むと、飲み物も飲まずにパクパクと食べ始めた。成金饅頭は白あんがびっしり詰まったどら焼きの一種で、地元の和菓子屋【鹿の子《かこ》】の名物。わしはスイーツ、とりわけ和菓子に目がなく、歌とダンスの練習の合間にもよく食べている。

「やーさんがスイーツ食べていると、なんかギャップがあって面白いな」

赤星先輩はそう言ってよく茶化すけど、強面男がスイーツ好きで何が悪い。

と、階下から【ふたりのラブランド】を歌う由衣の声が聞こえてきた。低音から高音まで高らかに歌い上げる由衣は、誰が言い出したか【築上町のスーザン・ホイルヤキ】と呼ばれている。あだ名が古いな、とわしは最初思ったが、今はどうでもよくなった。

歌詞が男性パートに替わった。聞く人を引き付けるフェロモン全開の甘い声……赤星先輩だ。わしは部屋の壁掛け時計を見た。もうすぐ午前零時。なのに、稲穂と実乃里は家に帰ってきていない。

二人とも家出？　二人とも男たちが一緒？　まさか……稲穂と実乃里は中学の入学祝いとして由衣からスマホを買ってもらっていた。その事実を知ったのは最近で、わしは娘たちに携帯番号を聞いても「なんか嫌」と拒否された。連絡を取りたくても取りようがない。

心配するあまり、わしは呼ばれてもいないのに店に顔を出すと、赤星先輩と由衣は【銀ぶらの恋の物語】を歌っていた。しかも見つめ合って。店内に他の客はおらず、二人だけの世界に陶酔している。

むむむ。わしは嫉妬した。夫である自分でさえ、こんなふうに楽しく歌ったことがないのに。邪魔したくなり、赤星先輩と由衣の間にわざと割って入った。

「コラ明王！　何するの」

由衣がキッと睨む。「赤星さんと気持ちよく歌ってるのに！」

赤星先輩は妨害されても気分を壊すことなく、マイクを離さずに歌い続けた。目はぐるぐる、足はふらふら。酔い過ぎて状況が把握できていないようである。

「由衣、娘たち知らないか？」

「心配ないわよ」

「どうしてそんなことわかる。もうこんな遅い時間だぞ。それでも母親か！」

「うるさいわね。心配ないって言ってるでしょ！」

その言葉に、抱いていた尊敬の念が消えると、わしの頭の中で何かがプッンと切れた。

「離婚だ」

「それ本気？」

由衣が真摯な目で見つめてくる。「じゃあそうしましょ」と言い、カラオケに戻るのだった。

2

なんだコレ？

わしは朝遅くに目が覚めると、枕元に離婚届があった。由衣が記入すべき部分はすべて埋められていて、印鑑が押してある。

玄関に由衣が立っていた。ピンク系の上品な雰囲気が漂うワンピース姿。ここぞという場面で着る勝負服だ。由衣は大事な客から同伴やアフターの誘いを受けると、うきうきして出かけたものである。だが、帰宅すると「クソみたいな奴」と吐き捨てるのがオチで、以後、その客から誘われても二度とデートをしなかった。そのたびに「ほっ」としたのをわしは思い出す。亡き義母みたいに男にだらしない女だけにはならないでくれよ、と。

「客とデートかい？」

由衣はおもむろに首を横に振った。

「男探し。なんだかんだと、娘たちには父親はいたほうがいいと思うのよねえ」

「父親ならここにいるじゃないか」

「アンタじゃない。昨日、離婚するって言ったじゃない」

「たしかに言ったけど……早すぎない？」

「そう？　アラフィフの婚活は厳しいのよ。ときが経つほど商品価値が落ちていく。早いに越したことないと思うけど」

「早いも何も、わしたちまだ離婚してないだろ」

「でもするんでしょ。するの、しないの、どっち？」

「するよ！」とムキになった。

「はい。この話は終わり。離婚届、町役場に出しといて。あと、荷物まとめて今日中に出ていってね。この家、わたしの名義で借りてるし。家賃払ってるのもわたしだし」

言い置くと、由衣は足を弾ませて出ていった。

わしは離婚届をじっと見つめた。離婚か……丸テーブルの上のペン立てからボールペンを手に取り、書面と向き合う。だが、苗字を書いたところで、手が止まった。

わしの人生、本当にこれでいいのか？

悩んだ末にわしは赤星先輩の元へ向かった。困ったときの神頼みならぬ赤星先輩頼み。赤星先輩ならきっと、人生の正しい道しるべを提示してくれるはずだ、と。

昼前に赤星先輩の住む離れの家にやってきたわしは、ドアを開けた瞬間、目を疑った。稲穂と実乃里が蘭と一緒にトランプ遊びをしていたのだ。娘たちもびっくりしたようで目を見開いている。そこへ、赤星先輩が白百合亭のほうから歩いてきた。両手に大きな鍋を持って。寝起きなのか寝ぐせがひどい。

「どうしたやーさん？　昼飯一緒に食うか。アサリのバター焼き。昨日の残り物だけど。美保の奴また作りすぎたって」

「そんなことより、どうして娘たちがここにいるんです？」

「昨夜言ったじゃん。子守を頼んでるって」

どうりで家に帰ってこないわけだ。娘たちが赤星先輩の役に立っているのが嬉しい一方で、由衣が「心配ない」の一点張りで、きちんと説明してくれなかったことに腹が立った。

「いつだったか稲穂ちゃんと実乃里ちゃんに蘭の話をしたところ、会わせて、って言われてさ。そしたら二人とも蘭とウマが合ったのかよく遊んでくれるようになったんだ。稲穂ちゃんと実乃里ちゃんのおかげでオレは息抜きができる。好きなだけ飲むことができる。やーさん、本当にいい娘たちを持ったな」

「いえいえ」

謙遜しつつも、わしは心の中で鼻を高くした。「稲穂、実乃里、学校は？」

「今日は日曜だけど」

稲穂と実乃里は口を揃えるように同じことを言った。

わしは曜日の感覚がなかった。やっぱり疲れているのかもしれない。

「お前たち、ちょっと席を外してくれないか？　赤星先輩と大事な話があるんだ」

「わかった。蘭ちゃん、遊びにいこ」

稲穂と実乃里が蘭を連れて出ていくと、わしは赤星先輩の言葉に甘えて昼食をご馳走になった。赤星先輩は他にも、ほうれん草のおひたしやきんぴらごぼうなどの副総菜と、ご飯、味噌汁をちゃぶ台の上に並べた。「すべて白百合亭のあまり物だけど」と断ったうえで。わしはひと口食べただけで幸せな気持ちになった。由衣が夫のために料理を作ってくれないからである。

「いいなあ。赤星先輩、これ全部、美保先輩が作ってるんですよね？」

「正確には料理人だな。美保も作ってるものがあるらしいけど、どれが美保なのか知らん」

どの料理も美味しいものだから、わしはつい味噌汁を大きな音を立ててすすった。行儀が悪いのを承知で。

「ところで、大事な話ってなんだ？　離婚か」

「なんで知ってるんです」

「アレ」と玄関のほうを指差す。わしが持参した小さな黒いキャリーバッグ。

「家、追い出されたんだろ。さっき稲穂ちゃんが携帯で由衣ママと話してたんだけど、離婚というフレーズが聞こえて。まさかと思ってたけど本当だったとは。ウブ平、マダムキラー、ヒロブー……あ、ヒロブーは違うか。ウブ平とマダムキラーも夫婦でいろいろと揉めてたみたいだし。ま、人生いろいろだな。バイ、島倉加代子《しまくらかよこ》」

「あのー」

すがるような目でわしは尋ねた。「わし、どうしたらいいんですかね？」

「別にいいんじゃない？　離婚しても」

想定外の言葉だった。わしは心のどこかで由衣との仲を赤星先輩が取り持ってくれるものと信じていた。

「そうなると、問題は子供の親権と養育権だな。やーさん、どうする？　勝ち目ある？」

「ないでしょうねえ……今無職だし……金ないし……」

そう言った後、わしはふと思った。赤星先輩はどうなのだろう、と。昔から世話になっていることもあって質問するのが憚《はばか》られていた。純平、光司、幸広も同じ気持ちかもしれない。誰も赤星先輩の私生活について詮索しない。アメリカに住んでいたこと、アメリカから蘭を連れて帰国したこと、この二点しか知らない。わしは聞いてみたい衝動に駆られた。

「そういう赤星先輩はどうなんです？　奥さんとうまくいってます？」

「夫婦関係に問題はないよ」

「じゃあなんで、奥さんはここにいないんです？」

「忙しいからな。オレと違って」

「奥さんってどういう人？　どんな仕事してるんですか？」

赤星先輩の目が鋭くなった。根掘り葉掘りプライベートを聞いてはいけないのかもしれない。

「今日はやけに質問攻めしてくるな」

「赤星先輩のこと、そういえばあまり知らないな、って」

「アイドルたる者、私生活について多くを語るべからず。オレはそういう考えなんだけど、ま、いいか。仲間内には話しても。まだ本当のアイドルじゃないし。信頼関係は大事だし。お前たち家族の問題にオレは首をつっこんでるし……でも言いたくないことは言わない。いいか？」

「はい」

「オレの妻は日本人で、名前は菜穂美《なおみ》。同い年。ロサンゼルスを拠点に、ＩＴ関連の会社をいくつか経営してる」

その後、赤星先輩は菜穂美とのなれそめをかいつまんで説明した。

「逆玉ですか！　なんかスゴイですね」

「しがない三流ライターだったオレがいきなり資産家の専業主夫だもんな。イクメンライフを満喫してたんだが、子供が成長するにつれて時間に余裕ができてさ、暇を持てあますようになった。で、株のやり方を妻に教えてもらって、ビギナーズラックみたいなものもあって、資産を増やすことができた。ちょっとばかしだけど。それで日本に戻ってきた」

ふと、わしは違和感を覚えた。資産を増やす＝日本に帰国、にはならないからだ。

「蘭ちゃん、日本の小学校に通ってるんですよね？　ということは、生活拠点をアメリカから日本に移すということですよね。でも、どうして奥さんは一緒じゃないんです？」

「さっきも言ったろ。妻は忙しいって」

妻が忙しい＝夫と娘と別居＝それでも夫婦関係に問題なし。わしは、この公式が成立することが理解できなかった。

「本当に奥さんとうまくいってます？」

「何度も言わせるな。夫婦関係に問題はない。問題あるのは」

と言ったところで打ち切り、赤星先輩は話題を元に戻した。「やーさん、この先どうするんだ？」

問題あるのは？　わしはその続きを知りたかったが、無理だった。赤星先輩が片方の手のひらを広げた状態で前にピンと伸ばし、聞かないで、と無言で訴えていたからだ。

「それを赤星先輩に相談しにきたんです」

わしがそう言うと、赤星先輩は伸ばしていた手をひっこめ、顎を触りながら思案気な顔をしたかと思いきや、ひらめいた表情に変わった。

「よし、女を紹介してやる。オレも今日初めて会うんだけどさ。その女、やーさんに譲るよ」

「そんなの悪いですよ」

「いいんだ。顔も本名も知らないいんだから。それに美人かどうかもわからないし」

「もしかして出会い系サイト？」

「正確にはネットゲーム」

ヒロブーからチラッと聞いたことがある。赤星先輩はネットゲームにハマッていて、仲良くなった女性を、年齢を問わず口説いていることを。

「決まりだな。じゃあ、ぼちぼちいくか。十五時に小倉《こくら》駅で待ち合わせしていて、映画を見ることになってるんだ」

小倉駅周辺にはたくさんの商業施設・商店街があり、北九州市の中心とも言うべき賑やかな街である。わしにとって貧しい少年時代に小倉界隈で遊ぶことは贅沢《ぜいたく》なことであった。

「それはそうとやーさん。ひとつ頼みがある。クリスチャンの真似事、やめてくれないかな」

「バレてたんですか？」

「わかるさ。エセクリスチャンってことぐらい。ウブ平、マダムキラー、ヒロブー、やーさん。この四人の中で一番付き合いが長いのはお前なんだからな。アレ、ちっとも面白くない。むしろ寒い。かまってほしい気持ちはわからないでもないけど、あんなことをいつまでもやってたら女は逃げるぞ。ていうか、本物のクリスチャンに失礼だ」

わしはシュンとすると、その場で十字架のネックレスを外した。

約束の時刻。小倉駅前の待ち合わせ場所でわしは人待ち顔で立っていた。赤星先輩が自作したという赤い星型のワッペンを目印として上着につけて。赤星先輩は物陰に隠れ、遠巻きに見ていた。わしはスマホを見た。待ち合わせの時間はとうに過ぎている。三十分が経った。まだそれらしい女性は現れない。一時間後、赤星先輩がやってきた。

「フラれたな」

ポンと肩を叩かれた。「さっきメールがきた。急用ができたって。こんなの初めてだ。会わずにフラれるなんて」

わしは原因がわかっていた。反社会的勢力の人間と思われてもおかしくない凄みのあるわしの顔だ。人によっては「亡くなった松形《まつかた》ひろしや須賀原《すがわら》ブン太《た》みたいでカッコイイ」と言ってくれるが、初対面の多くは「こわ〜い」と逃げていく。ろくに会話もせずに。

「こういうこともあるさ。元気だせ。必ずいい女を紹介してやる。オレに二言《にごん》はない！」

赤星先輩は男気《おとこぎ》がある。わしとは違って。赤星先輩のような逞《たくま》しい性格になりたいとわしはつくづく思った。その一方で、おせっかいが過ぎるな、とも思った。そこが赤星先輩の良いところではあるけれど、大きな勘違いをしていることに気づいていない。

まだ離婚していないんだけどね。

3

「別に急がなくてもいいじゃないですか」

わしはやんわりと抵抗した。翌日、赤星先輩に連れられて築上町役場に向かう道中のことだ。いく当てがなくしばらく赤星先輩の住む離れの家に厄介《やっかい》になることにしたわしは、昼前に「思い立ったが吉日、町役場にいくぞ」と叩き起こされたとき、面倒だな、と思った。

「耳寄りな情報だぞ。町主催のミドル向け婚活サービスがあるなんて。あの麦本が、そのサービスのおかげで運命の女性に出会ったというんだから、詳しい話を聞かずにいられるか？」

昨夜遅く「結婚することになりました！」と電話を受け、赤星先輩は自分のことのように喜んでいた。あの麦本が、という意味は、子供の頃、色恋に興味を示さなかったからだ。電話を切ると、赤星先輩は突然「用事を思い出した」と出かけていった。どこにいくのだろうとわしは思ったが、眠かったのでどうでもよくなった。赤星先輩が唐突にアクションを起こすのはいつものことである。

築上町役場に到着すると、正面玄関の前で麦本が待っていた。挨拶もそこそこに企画振興課に案内してもらう。担当の五味《ごみ》という同世代と思しき男性を紹介され、話を聞くことに。五味は、チビ、デブ、ハゲ、の女性が敬遠する三拍子を兼ね備えたいわゆるブサメンだった。

「自治体主催の婚活イベントはいろいろありますけど、我が課では最近ネット婚活に力を入れているＩＴ企業と協力して、独自の婚活サービスを始めました。それがこちらです」

そう言って、五味はパソコンを指し示した。画面には個人情報を記入するプロフィール欄が映っている。上から下にスクロールしながら説明する。

「独身証明書や住民票、大学の卒業証明書などの各種書類の提出はもちろんですが、ここに登録者の細かいデータを入力するだけで、運命の異性を見つけることが可能です。しかも相性がピッタリで、幸せになれる確率の高い順に、ランキング形式で」

「フッーのネット婚活と何が違うの？」

赤星先輩が聞いた。「ぱっと見た感じでは、よくわからないんだけど」

わしも同感だった。年齢、身長、体重、年収といった基本情報の他に、婚姻歴、子供の有無、結婚後の親との同居、など細かい条件を設定できるようだが、果たしてこれで運命の人が見つかるかどうか疑問である。マッチングサービスの類《たぐい》のようだが。

「多くの婚活サイトでは顔写真の提出が求められ、登録者全員に公開されますが、抵抗がある人も多いことから、ここでは顔写真を受け付けていません。また、登録者同士で顔写真を送って、といったダイレクトメッセージのやりとりも禁止しています」

「なんでですか？」

わしは尋ねた。いかつい顔というだけで辛酸《しんさん》をなめてきたわしにとって重要なポイントだ。

「人は見た目も大事、という意見があるのは承知していますが、結婚生活という長いスパンで考えた場合、見た目は重要ではありません。かく言う私も麦本くんも、コレのおかげで運命の女性とめぐり逢いましたから」

五味と麦本は顔を見合わせ、「ね」と微笑んだ。

「ちょっといいか。昨日、麦本はこう言ったよな」

赤星先輩が口を挟む。「コレは百発百中です。一発で運命の人に出会えますよ、って」

「はい、言いました」

「そこがどうも解《げ》せない。中身が大事なのはわかるけどよー。初対面で生理的に受け付けないブサイクが現れたら、フツー意気投合するかな？　いくら相性が合いそうだからって」

「まさにそこです。コレが素晴らしいのは」

五味が自信満々な顔で言う。「デジタルとアナログの融合、とでも言いましょうか。一番の特徴は、すごかおばさんの存在です」

「すごかおばさん？」

わしはオウム返しに質問した。

「仲人さんです。博多にある結婚相談所の元職員で、縁結びの達人と呼ばれる女性を臨時職員として採用しました。システムが導き出した人物が本当に運命の人かどうか、実際に接触し、徹底的に調査します。プロフィールに嘘はないかといった基本的な調査に加え、口頭ですが相手の顔も説明します。会ったときがっかりしない程度に。キツネ目とか、アゴがしゃくれているとか。必要とあれば似顔絵も描きます。肝心の中身については、相手の良い面も悪い面も遠慮なく言います。そのうえで会うか会わないか、最終的に登録者は判断することになります。一般的な結婚相談所のカウンセラーはそこまでしないのではないでしょうか。これが、一発で運命の人に出会える秘訣《ひけつ》ですね」

「なるほど」

わしは納得した。これなら相手によけいな先入観を抱かなくて済む。理想を求めすぎて幻滅する可能性も低そうだ。軽い気持ちで登録するのもいいかもしれないと思った。

「すごかおばさんというのはどの人ですか？」

わしが聞くと、五味は「外出しています。今とても忙しくて」と笑って答えた。

「残念。ひと目見たかったなあ。どれだけインパクトのある人なのか」

「顔は知らなくても、すぐにわかりますよ。すごかおばさん、ヘアスタイルがオールバックで、サザなみえさんみたいに頭のてっぺんにお団子が三つあるから」

「でもさあ。オレ的には婚活パーティーとか、街コンのほうがいいんだけど」

赤星先輩が少し不満げに言う。「やっぱ男はガンガン攻めていかなきゃ」

「もちろん、そういう考えの人もいるので、婚活イベントもたくさん用意しています。稲刈りコンとか、貝掘りコンとか」

「貝掘りコンはいいねえ、椎田らしくて」

赤星先輩の顔が明るくなった。

「ところで、入会費とか月会費とか、どれくらいお金かかるんです？」

わしは尋ねた。

「すべて無料です」

五味の言葉に、「本当ですか？」とわしは瞬《まばた》きした。

「その代わりといってはなんですが、ひとつ条件があります。カップルが成立したあかつきには二人とも築上町に住民登録し、かつ住民税を納めること。少子高齢化問題はこの町も例外ではありませんから」

「やーさん、住民票は移しているか？」

赤星先輩が聞くので、「はい」と答えた。

「問題なしだな。よし、入会しよう」

赤星先輩はいつだって強引だ。わしは断れるはずもなく「わかりました」と従った。

「さっき各種書類の提出が必要と言ってたけど、後でもいいの？」

わしは五味に質問した。

「いいですよ。麦本くんの知り合いということで。そういうケースは多々あります。こちらとしてもまずは入会者を増やしたいですし、こうしている間にもネットで運命の人を探している人がいるかもしれません。もっとも、すごかおばさんが最終的にとことんチェックするので詐称《さしょう》してもバレますが」

わしはさっそくプロフィールの作成に取りかかった。パソコンの操作は不慣れなので雛《ひな》形を書面でもらい手書きで記入することに。書き始めて気づいたのだが、プロフィールは項目ごとに公開・非公開を選択できる。職業と収入欄をどうすべきか、わしは悩んだ。

「すべて公開でいいんじゃない？　どうせすごかおばさんによって相手に知られるんだろうし。ここは男らしく正直に書くべきだ。格好ばかり一流じゃ意味ないだろ」

よく言うよ。昔は格好ばかり一流でいろ、と強制したくせに。わしは中学時代の思い出が頭をかすめると、くすくすと笑った。

「何がおかしい？」

赤星先輩が片方の眉を上げた。「オレ、変なこと言ったか」

「別に。赤星先輩って、良い人なんだか悪い人なんだか、ときどきわからなくなります」

良い機会だと思い、明王は聞いてみることにした。

「覚えてます？　岩田《いわた》先輩。わしが中学一年だったときの不良グループのリーダー。岩田先輩に絡《から》まれたとき、助けてくれましたよね？」

「いいや」

想定外の言葉が返ってきた。

「そんな危険を冒すわけないだろ。たまたまその場面を見かけたオレは隠れて見ていただけだ。歯向かったところで返り討《う》ちにされるのは決まってる。岩田先輩はキレると何するかわからない人だと有名だったからな」

「じゃあ、岩田先輩をやっつけたのは一体誰？」

「覚えてないのか？　やーさんだよ。たしかあのとき地震が起きただろ。地面がぐらぐらと揺れたその衝撃というか弾みで、岩田先輩は後ろ向きに転倒した。その瞬間、やーさんは飛びかかった。これでもかというくらい殴りに殴った。人間追い詰められたとき思わぬ力を発揮するんだな、って痛感させられた。あれこそまさに火事場の馬鹿力だよ」

信じられない。思い出は美化されるというけれど、わしは生来が気弱ゆえに、ネガティブな方向へ記憶がセットされたのかもしれない。

「自分では気づいていないかもしれないが、やーさんには度胸がある。自信を持っていいんだぞ。やーさんなら運命の女性が見つかるはずだ」

くどいようだが、まだ離婚していない。どういうわけか赤星先輩はしきりに婚活を勧めてくる。単純に面白がっているようにしか思えない。赤星先輩が良い人か悪い人かわからないというのは、こういうところにある。

自信か……由衣の心はすでに離婚に傾いているようだし腹をくくるか。わしは、無職、収入なし、と記入した。結婚相手に求める女性のタイプに関しては、年齢不問、と書いた以外に、特に希望はなかった。

「他にもっとあるだろ」

赤星先輩がせかす。「巨乳が好みとか、資産家の女性がいいとか」

「ないです。好きになった人が理想の女性なんで。しいて言えば、かっこいい女ですかね。わしが頼りないぶん、頼りになるっていうか、引っ張ってくれるというか、そういう女です」

「自分に自信を持てと言ったばかりだろ」

「そうなんですけどね。やっぱ人間、そう簡単に性格は直らないですよ」

「ったく。そんなんじゃ、やーさんのあだ名が泣くぞ」

意味がわからない。赤星先輩が命名したくせに。

「ていうか、そのあだ名、実はそろそろ変えようと思ってたんだ。オレたちアイドル目指しているわけだし。やーさんって、アイドルらしくないだろ」

「赤星先輩の好きにしてください」

「ひらめいた！」

赤星先輩が指をパチンと鳴らした。「今日からお前は、アッキーオだ」

「どこかで聞いたような。誰かに似てるような」

わしはもうどうでもよかった。必要事項をひととおり書き終え、手書きのプロフィールを提出した。受け取った五味は、目にも留まらぬ速さでキーボードをカタカタと叩く。データの入力が終わった。

「さっそく検索してみます？　すぐに結果が出ますよ」

「あー、今はいいです」

「なんで？」

赤星先輩が異議を唱える。「運命の女性に出会えるんだぞ」

「別に急がなくてもいいです」

今度は強く抗議した。「こういうのはじっくりとやったほうがいいんです。仕事が決まってからでも。運命の女性が本当にいるなら、逃げないでしょ」

まだ離婚していないんですよ！　とわしは声を大にして言いたいのだが、言えない自分がもどかしい。よかれと思って世話をしてくれる赤星先輩に申しわけない気持ちのほうが上回っているからだ。

「じゃあ、お前の検索結果、こっそり見てもいいか？　オレ我慢できなくて」

「いいですよ」

言って、わしはその場を後にし、正面玄関の前で待つことに。ほどなく赤星先輩がやってきた。

「オレ、用事を思い出した」

またも唐突に赤星先輩はそう言うと「じゃあな、アッキーオ」と足早に立ち去った。ぐしし、と含み笑いを浮かべて。アッキーオという新しいあだ名を誰彼構わず吹聴《ふいちょう》するのだろう。赤星先輩の性格からしてそう思わずにいられなかった。

わしはきた道を真っ直ぐに帰らずに、御手洗商店に寄り道することにした。軽めのブランチをとっていたが、婚活という慣れないことで精神的に疲れ、小腹が空いたのだ。しかし、到着すると閉まっていた。定休日じゃないのに。

腹立つ～。シャッターの前には【地下アイドルの推しメンが突然の脱退。ファンとして自信喪失。誠に勝手ながらしばらくお休みします】という貼り紙があった。

皺くちゃ親父も自信を失うことがあるのか。殿様商売のくせして。わしは急に笑いが込み上げ、元気が出てきた。御手洗商店の目と鼻の先に、スナック【あっとほ～む】がある。自転車で一、二分。歩いても十分程度だ。

由衣に謝ろう。わしはそう思った。よくよく考えてみればカッとなった勢いで離婚を突き付けたものの、こちらから頭を下げれば済むだけの話ということにいまさらながら気づいたのである。バカだなあ。歩きながら、わしはにやにやした。おかしすぎて笑いが止まらない。角を折れると、【あっとほ～む】のスタンド看板が見えた。

と、店の中から、由衣が出てきた。わしは「おーい」と手を振った直後、由衣に続いて赤星先輩とふくよかな初老の女性が姿を見せた。

えっ。

わしは急いで物陰に隠れた。女性の髪型はまさにサザなみえさんそのもので、すごかおばさんだと思われた。

どうして赤星先輩が？……すごかおばさんと一緒に？……。

頭が混乱しつつもひとつだけわかったことがある。それは、由衣も例の婚活サービスに入会していること。だからすごかおばさんがいるのだ。しかし、赤星先輩も同行している理由がわからない。

はっ！

昨夜「用事を思い出した」と赤星先輩はどこかへ出かけた。由衣だったのだ。今朝、二度寝する前に目を覚ましたとき、自宅に赤星先輩の姿が見えなかった。由衣を築上町役場に連れていったに違いない。半ば強制的に入会させるために。五味の前で赤星先輩が初めて婚活サービスの具体的な仕組みを知ったようなそぶりだったのは、午後に再訪するから都合が悪いと考えたのだ。そして、わしと同じように麦本を通じて五味の紹介を受けた後、入会は由衣一人に任せた。今しがた「用事を思い出した」と赤星先輩が向かった先も、由衣。すごかおばさんとはどこかで合流したのだろう。ホント、おせっかいにもほどがある。

いや、度を越している。

「別にいいんじゃない？　離婚しても」

赤星先輩はこう言ったが、そんなに離婚させたいのだろうか。わしはふつふつと怒りが込み上げてきた。気づいたら、ずかずかと赤星先輩のほうに向かっていた。

「おー、アッキーオ。どうした？」

「アッキーオって?」

由衣が嘲笑《ちょうしょう》の笑みを浮かべる。

コラ由衣! 笑うなよ。クリスチャンの真似事をしているときは無反応だったくせに。

すごかおばさんは、まん丸とした目をさらに大きくして、品定めするかのようにわしを見ている。

「赤星先輩! いい加減にしてくださいよ」

「何が?」

「いい加減にしてくれないと……」

わしは握りこぶしを震わせた。

「やめます! アイドル」

言うが早いか、わしは踵を返し、駆け出した。

「アッキーオ!」

赤星先輩の呼び止める声が聞こえたが、わしは振り返らずに走り続けた。

4

後悔先に立たず。

数日後、わしはこの諺の意味をしみじみと味わっていた。

ここは、築上町役場近くを流れる岩丸川《いわまる》の河川敷《かせんじき》。わしは赤星先輩の仮住まいから荷物を持ち出した後、橋の下で野宿をしていた。河口付近で城井川《きい》と合流するこの一帯には堤防沿いにたくさんのソメイヨシノが植えられ、春になると多くの花見客で賑わう。桜の季節はとうに過ぎ、今は夏真っ盛り。色鮮やかな緑葉を見るだけでも普段なら心が癒《いや》されるのに、わしは気が滅入っていた。カッとなるのは悪い癖だとわかっているが、自分ではどうすることもできない。冷静になった瞬間、気の弱さが露呈し「やってもうた！」と激しい後悔に襲われる。

過去に何回か家を飛び出した経験から、キャリーバッグの中には寝袋を常に入れている。とはいえ、やっぱり野宿は気分が良いものではない。虫よけのスプレーは気休めにしかならず、無数の蚊に刺されてしまった。身体のあちこちが赤く腫れていて、痒《かゆ》くて仕方がない。

腹が減った。財布には千円札がたったの二枚。銀行口座は由衣が管理していて、わしはキャッシュカードを持っていない。つまり、全財産。今日は何を食べようか。あと何日持ちこたえるだろうか。このまま野垂《のた》れ死にしてしまうのだろうか。そんなことばかり考えていると、よけいに空腹感に見舞われた。

わしは、築上町役場のそばにある椎田ふれあい市場で、割引シールが貼られた大きめの木綿豆腐一丁とミネラルウォーターを購入し、河川敷に戻った。豆腐にかぶりつく。味気がない。醤油がほしいところだが、市場に戻るのは面倒である。結局、そのまま食べ続けた。いくぶん空腹は満たされ、ほっと息をつく。

仕事を探しに、築上町と隣接する行橋《ゆくはし》市のハローワークにいこうと思った。けれど、その気力がない。強面のせいで、どうせまたどこにも雇ってもらえないだろう。

やることがないので、わしは水きりを始めた。手頃な大きさの平たい石を拾うと、水面に向かい、サイドスローで投げる。ポーン、ポーン、ポーン、と連続で跳ねていく。向こう岸まで届きそうなのだが、何度投げても少し手前で失速し、石は沈んでしまう。

なんだかわしみたいだな。

いつもあと一歩というところでつまずく。仕事もプライベートも。

わしの人生、本当にこれでいいのか？

いいわけないのはわかっている。だけど……。

「アッキーオ！」

背後から赤星先輩の呼ぶ声がした。わしが振り返ると、赤星先輩、純平、光司、幸広が、堤防沿いの道に立っていた。四人ともジャージ姿。普段の練習着である。いつからそこにいたのだろう。

「探したぞ、アッキーオ」

純平が慣れた調子で言う。「電話が全然繋がらないから見つけるのに苦労したよ」

スマホはバッテリーが切れている。繋がらないのは当たり前だ。

わしはふと思った。純平から初めて「アッキーオ」と呼ばれたのに、不思議と違和感がない。なぜ？

「アッキーオがいないから、練習にならないよ」

光司も馴れ馴れしく新しいあだ名で話しかける。やっぱり違和感はない。

「はい、あげる」

言うや否《いな》や、幸広は何か小さな物を放り投げた。「おっとっと」と手を滑らせて落としそうになったが、わしはキャッチした。成金饅頭だった。

「アッキーオ、元気出せよ。好物だろ」

幸広らしい気遣いに目が潤んできた。幸広からも「アッキーオ」と言われて違和感はない。

「アッキーオ」

再び赤星先輩が声をかける。「青春おやじフィフティーズは、お前がいないと始まらない。五人揃ってこそ、青春おやじフィフティーズなんだ。戻ってこい」

赤星先輩が最初に「アッキーオ」と呼び始めたから違和感ないのだけど、加えて懐かしい感じがした。少年時代からそう呼ばれていたかのように……。

ふと、わしの脳裏に、赤星先輩の家に居候させてもらったときの記憶が蘇ってきた。

——これからお前のあだ名は、やーさんだ。

ホント、あの頃はバカやってたよなあ。

赤星先輩のおかげで、中学時代はいきがることができたんだよなあ。

赤星先輩のおかげで、純平、光司、幸広の三人と苦楽を共にすることができたんだよなあ。

――アイドルやろうぜ。今度はマジで。

今度は、およそ三十年ぶりに再会した仲間たちとの様々な思い出が頭をかすめた。

赤星先輩のおかげで、今みんなと同じ目標に向かってがんばることができているんだよなあ。

そうか。わしの居場所はここだったのだ！

素直にそう思った。しかし「前言撤回、アイドル続けます」と何事もなかったかのように振る舞うわけにはいかない。わしにもプライドがある。吹けば飛びそうな小さなプライドだが。

「赤星先輩」

わしは真っ直ぐに見つめた。「先に謝ってください」

「なんで？」

「わしにすごく失礼なことしたからですよ」

赤星先輩は首を傾げた。

「わからないんですか？　しつこく再婚を勧めたでしょ」

「オレが？　まさか」

「……赤星先輩、わしがまだ離婚してないの知ってました？」

「知ってるよ」

「じゃあなんで、ネットゲームで知り合った女性をわしに譲るなんて言ったんですか？」

「ただの火遊びだ。結果的に会わずにフラれたけどな」

「婚活サービスはどう説明するんです？　強引に入会させたりして。あれこそまさに失礼極まりない行為です。再婚を勧めた証拠じゃないですか」

「アッキーオ、お前わかってないなあ」

逆に赤星先輩がやれやれといった顔をする。

「よし、今すぐ説明してやる。町役場にいくぞ」

そう言うと、赤星先輩は土手から下りてくるやわしの腕を掴み、引っ張っていった。


「マジですか？」

企画振興課で婚活サービスの検索結果を見たわしは、口をあんぐりと大きく開けた。後ろには純平、光司、幸広が立っていて「おー」と一様に驚いている。

運命の女性第一位は、由衣だったのだ。

「オレはただ、アッキーオと由衣ママの相性を確認したいがために、この婚活サービスを利用しただけだ。するとどうよ？　見てのとおりの結果が出た。すごくないか」

赤星先輩はそう言ってわしの肩をポンと叩くと、親指を立て「ニッ」と白い歯を見せた。

カウンターの向こう側にいる五味と麦本も笑顔だが、わずかに頬が引きつっている。

「赤星先輩とすごかおばさんが由衣のところにいったのはどうしてですか？」

「由衣ママのプロフィールに嘘はないかチェックするためだよ。もちろん、相手の男性がアッキーオということとは内緒だ。そのうえでオレは、お前の良いところと悪いところを説明した後、最後にお約束の確認をした。男性に会いますか？　会いませんか？　ってね」

「由衣はなんと？」

「会ってもいい、って。しかも、相手の顔はどうでもいい、ってさ。驚いたよ」

わしの疑念は吹っ飛び、日本晴れのような清々しい気持ちになった。

その夜、スナック【あっとほーむ】が開店する前にわしは顔を出した。

「ただいま」

カウンターを拭いていた由衣は卓上カレンダーを一瞥し、クールな調子で言う。

「今回は一週間。長かったわね。いつもなら三日以内に戻ってくるのに」

「なあ、由衣。町役場の婚活サービス、入会したんだって？」

「したんじゃなくて、させられたの。赤星さんが、どうしても、ってうるさいから」

「相手の男性に会いたい、というのは本当かい？」

「会ってもいい、って言ったの。会いたいと会ってもいいじゃ全然違う」

そういう意地っ張りなところは由衣らしい。

「結婚相手に求める男性のタイプはなんて書いたの？」

「たくさん書いたけど、いちいち覚えてない」

「これだけは譲れない、という条件だけでいいから、教えてくれないかな」

「えっと……一緒にいて気を使わない人」

由衣は遠慮なくズバズバとものを言ってくる。わしに気を使っていないのは明らかだ。

「健康な人」

コレもわしに当てはまる。大きな病気をしたことがない。風邪も滅多にひかない。

「あとは……正直な人、かな」

これもたぶん、わしに当てはまる。由衣の前では嘘をついたことがない。というより、嘘をついても顔にすぐ出るので、バレてしまうのだ。

「ありがとう……あ、間違った。わしと一緒になってくれてありがとう」

「何をいまさら」と由衣が目を逸《そ》らす。

「別にいいだろ」

わしはこれまで「好きです」「付き合ってください」「結婚してください」、これら基本的な三大フレーズを由衣に一度も言ったことがない。それではいけないと、超遅まきながら勇気を出して告白したのだが……由衣の心には響いていない？　目を逸らしたのはどういう意味？

「じゃあ、わたしも聞いていい？　アイドルって何？　やめます！　って言ってたけど」

しまった！

無職の中年男がアイドルを目指しているなんて、怒鳴られるに決まってる。即刻、辞退させられるに決まってる。だからわしは秘密にしていた。しかし、由衣の理想の男性は正直者。ここは正直に打ち明けなければならないだろう。

「実はアイドルをマジで目指してる。青春おやじフィフティーズというグループを組んで」

その後、かいつまんで結成の経緯を説明した。優勝賞金一千万円とかメジャーデビューが約束されているとか。

「意外と甲斐性あるじゃん」

由衣がぼそっと言った。わしは嬉しくなる。

開店時間になった。わしは店を出て、裏口の外階段のほうへ向かう。

と、スマホの着信音が鳴った。麦本からだった。

「おー、麦本。珍しいな、お前からかけてくるなんて。どうした？」

『ちょっと大事な話があって。赤星先輩に口止めされてるんだけど、やっぱりインチキは嫌だから言わなきゃと思って』

築上町役場で麦本が頬を引きつらせていたのはこういう意味だったのか。わしは想像がついた。

『実は運命の女性の検索結果なんだけど……由衣さんは第一位じゃないんだ。で、赤星先輩はこのままじゃ面白くないと言って、急ぎ由衣さんの元へと向かったんだ。プロフィールを修正するために』

「マジか？」

『そのとき、すごかおばさんはたまたまスナックに向かってた。他の男性の検索結果第一位ということで。すごかおばさんはチェックが厳しいからね。先を越されると修正できないかもしれない。そう思った赤星先輩は先回りして、由衣さんに嘘を言うようにお願いしたんだ』

「具体的にどんなこと？」

『結婚相手に求める男性のタイプの修正。由衣さんは条件のひとつに、資産家が望ましいけど絶対条件ではない、って書いてたんだけど、無職・収入なしでも全然構わない、ということにしたんだ。資産家というフレーズはよくないからって』

なるほどねえ……だから、由衣は第一位になったのか。

『検索、やり直す？』

麦本が申しわけなさそうな声で話す。きっとわしがまだ離婚していないことを知らないのだろう。彼の心遣いに感謝した。

「いや、もういい。二度と利用することはないだろうから」

その言葉に嘘はない。

わしの人生、本当にこれでいいのだ。

第五話　ガラスのフィフティーズ

〜赤星剣の巻〜

1

——半年前。

オレはふらりと立ち寄ったコンビニで、たまたま手にした週刊誌にこんな募集広告を見つけるとは夢にも思わなかった。

【歌って踊れる四十五歳以上の男性限定！　イケてるミドルアイドルコンテスト】

まさにオレのためにあるようなものじゃないか！

会計を済ませると、白百合亭の離れの家に急いで帰り、募集要項を改めて見た。

【主催者はアイドルのプロデューサーとして日本一有名な男】

【賞金は一千万円】

【大手芸能プロダクションとレコード会社の全面バックアップによりメジャーデビュー】

すごい。なんてすばらしいイベントだ！

今までありそうでなかった隙間産業的なアイドルコンテストかもしれない。四十五歳以上の男性限定と謳《うた》っているところが新しい。

実験的試みかな、とも思った。中高年のためのバンドコンテストは多数くあるが、アイドルコンテストというのは見たことないからだ。その一方で一抹《いちまつ》の不安を覚えた。

果たして需要はあるのか。女性限定なら理解できるが……。

と、【ただし、イケメンに限る】という注釈に気づく。胸のつかえが少しだけ取れた。

イケメンの判断基準は人それぞれだが、顔には自信がある。自分で言うのもなんだけど。かといって、オレはナルシストではない。イケメンに越したことはないというだけ。人間はやはり中身が一番で、顔は二の次だ。ケリーおばさんが蘭の面倒をよく見てくれたのも単純に世話焼きだけでなく、オレの内面を褒めてくれたことが大きい。「剣は本当にナイスガイね」と。

マダムキラー、ヒロブー、やーさんに「アイドルやろうぜ。今度はマジで」とこのコンテストへ応募したことを伝えたとき、三人とも「はい？」と目を丸くし、何がなんだかわからないといったリアクションをした。だが、三人は必ず協力してくれる……同じ夢を見てくれるはず……その確信がオレにはあった。

だってオレは、ナイスガイなのだから。

問題はウブ平だ。ウブ平がオレを嫌っていることは子供の頃からわかっていた。三十年ぶりに再会したときも、ウブ平は不快な顔つきをしていた。果たしてウブ平はオレについてきてくれるだろうか……ナイスガイと認めてくれるだろうか……少し不安だった。

ウブ平はオレのことをまだよく知らないのかもしれない。本当のオレは、困っている人をほっとけない性質なのに。生徒会長を務めていた頃、残念ながらウブ平が本当に困っている場面に遭遇しなかった。ウブ平の目には、傍若無人《ぼうじゃくぶじん》な振る舞いばかりする嫌な先輩として映っていたことだろう。でも、大人になって初めてウブ平を、正確にはウブ平の家族だが、助けることができて嬉しい。

補足説明するのを忘れたが、このコンテストはグループが出場条件である。

オレ以外の四人はイケメンなの？

そう問われると返答に困るのだが、四人とも顔は悪くはない。

ウブ平は、実年齢より若く見えるし、顔はイケてるほうだと思う。オレには負けるけど。

マダムキラーは、ハゲさえバレなければ大丈夫。オレとはひと味違ったハスキーボイスを持っているのが魅力だし。オレとマダムキラーでツインボーカルというのもアリかも。

ヒロブーは、いつもニコニコしていて愛嬌がある顔だ。ある意味イケメンだと思う。ただ、太り過ぎ。ちょっとダイエットしてもらおう。歌って踊れるデブは最強だ。

強面のやーさんは、流行りのマイルドヤンキー風にイメチェンすれば問題なし。

以上、ざっくりとではあるが、オレ的に充分に戦えるメンバーだと確信している。

思い立ったが吉日。

だからみなを誘ったのだ。

志を立てるのに遅すぎるということはない。

この座右の銘のおかげで、オレは人生を楽しむことができている。

ふと思う。どうして子供の頃からアイドルを目指そうとしなかったのだろう。

同郷から本物のアイドルが誕生したというのに……。

あれはたしか小学校高学年の頃。面識はないけれど、当時、高校一年だった同郷の女の子が【ホロリプロ・女性アイドル・スカウト・キャラバン】に優勝した。このスリリング(、、、、)な出来事に衝撃を受けた。

にもかかわらず、オレはすぐに行動に移さなかった。それだけが悔やまれる。後悔したくないから、このコンテストに迷わず応募したのだ。

「パパー、何見てるの？」

蘭が覗き込んできた。しかし娘は、日本語を話すことはできても読み書きがまだまだ苦手。文面をきちんと理解できないようで、首を捻っていた。

「なあ蘭。パパ、アイドルになろうと思う」

「すごい！」

手放しで喜んでくれる。「蘭、応援するね！」

そう言ってくれる娘がとても愛おしい。

いつまでも美保の世話になっているわけにはいかない。遅かれ早かれ妻に居場所が見つかり、この家を出ていかなければならないときがくるだろう。

そのためには金がいる。多額の金がいる。

その夢を叶えてくれるのが、アイドル。

コツコツと働くのもいいが、そういう生き方はオレの性分じゃない。

矛盾しているようだけど、アイドルになって有名になれば、たちどころに妻の知れるところとなる。

このときのオレは、妻に娘を奪われるかもしれない悲しさよりも、売れっ子アイドルになりたい夢のほうが勝《まさ》っていた。

いや、絶対にアイドルになれると思っていた。

奪われたら奪い返せばいいじゃないか。

根拠のない自信がオレの心を支配していた。

2

――三ヵ月前。

「きらきらマダムキラー」

オウムのムーちゃんの泣き声、というか叫び声でオレは目を覚ました。窓のカーテンは開いていて、陽の光が差し込んでいる。「きらきらマダムキラー」という言葉をムーちゃんに教え込んだのは「ヘイヘイイウブ平」に飽きたからだ。ただ教えるのも面白くないので、試しに七時を指したアナログの目覚まし時計を見せながら何度も教育してみた。するとどうだろう。目覚まし時計の針は午前十時だった。うまくいかないもんだなあ。

昨夜、初日の練習から帰宅した後、くたくたに疲れていたオレは、風呂あがりにキンキンに冷えた缶ビールを開けて一気に飲み干した。アルコールが身体全体に染み渡っていくのがわかった。あまりに気持ちがいいものだから冷蔵庫からひとつ、またひとつと開けていき、気がついたらパンツ一枚で寝ていた。

クシャミが出た。風邪をひいたかもしれない。リーダーのオレが体調管理を怠ってどうする。他の者に示しがつかない。布団を敷いた覚えがないのに、きちんと寝床の上で寝ているのは美保のおかげだろう。あいつは気が利く。美保がオレの嫁さんだったら……と思うことがあるが、それは虫が良すぎるというものだ。オレみたいなフラフラした男と一緒になってはいけない。美保には堅気《かたぎ》の男がふさわしい。

「蘭」

娘を呼んだ。だが、声にならない。クシャミは出るのに発声ができない。わけがわからない。もう一度「蘭」と声を上げたが、やっぱり無理のようだ。

ヤバイ。

自慢のハスキーボイスが、本当にかすれてしまっている。

額に手を当てた。少し熱っぽいかも。本当に風邪をひいたようだ。次の練習日までに完治すればいいのだが。

玄関の三和土《たたき》を見ると、蘭が普段履いているピンクのスニーカーがなかった。蘭はオレに似て人見知りしない性格で、友達作りが上手い。近所の子供たちと遊びに出かけているのかもしれない。

オレは冷蔵庫から牛乳パックを取り出すと、そのまま口につけて飲んだ。蘭がいたら「パパ、きたなーい」と怒られるところだけど、パックには1／3程度しか入っていないし、全部飲むから構わないだろう。プハー。寝起きの牛乳は美味い。夜は酒、朝は牛乳に限る。

と、玄関のドアをノックする音がした。

「剣、入るわよ」

美保だ。木製のドアがギギギと耳障《みみざわ》りな音を立てている。このドアはオレに似てきまぐれで、すぐに開いたかと思えば、なかなか開かないときがある。開かないときのほうが多いのだが。

「もうなんなのよ、このドア」

この小さな離れの家はずいぶん前に建てられた木造住宅で、オレがここに住み込むまでは物置代わりに使っていたらしく、手入れらしい手入れをしていないという。蝶番《ちょうつがい》は錆《さ》びていて扉が少し重い。だから日中、家にいるときはドアを少し開けた状態にしている。蝶番を取り替えようとも考えた。でも逆に防犯上、最適のように思え、そのままにしている。オレが留守の間、蘭が一人で過ごすこともあるからだ。

オウムのムーちゃんを飼っているのも防犯のためである。あ、防犯なら「ドロボー」とか、「待てー」とか、それにふさわしい言葉を教えないといけないな。そんなことを考えていると、ドアがようやく開き、美保がひょっこりと顔を出した。

「はい、風邪薬」

そう言って、床に小箱を置くと、美保はドアを半開きにしたままいってしまった。オレが風邪をひくことも、美保にはお見通しのようである。だったら、風邪をひかないよう寝間着も着せてくれたらいいのに。さすがにそこまではしないか。

オレは、食パン一枚をオーブントースターにセットすると、焼きあがるまでの間、ちゃぶ台の上のスマホを手に取った。何気なく写真アプリのフォルダを開くと、オレの寝顔が写っていた。ニヒヒと薄ら笑いを浮かべている。右手は布団から出ていて、人差し指を立てていた。

さては蘭が撮ったな。父親の私物を勝手に触らないようにと、いつも注意しているのに。ムーちゃんもそうだけど、躾《しつけ》って難しい。

寝顔の写真の隣には、人差し指をクローズアップした写真があった。枕元には蘭が意図的に置いたと思われる卓上カレンダーがあり、指先はカレンダーの月曜日（ＭＯＮ）を指していた。

今回は【ＭＯＮＤＡＹ】か……。

これって記念写真？　これで何枚めだっけ。

写真アプリのフォルダを改めて確認した。六枚めだった。六枚の写真を見返したが、やっぱり言葉の関連性がわからない。蘭はオレに何を伝えたいのか？　謎である。

この半年間、蘭は唐突に「思い出に撮りたい」と言って写真をねだるようになった。甘えた感じの、ねだる、ではなく、半ば強制的な、せびる、に近い調子で。それは別によいとして、こんな場所で？　と驚くこともある。

初めて記念写真のおねだりをされたのは、知人が経営するレストランにいったときのこと。食事を終えて会計を済ませようとしたところ、蘭は裏方さんの仕事ぶりが気になるのか厨房《ちゅうぼう》の様子をじっと見つめていた。

「帰るよ、蘭」

声をかけると、蘭が突然「皿洗いの人と記念写真を撮ろうよ」と言い出した。

「皿洗いの人？　なんで？」

「撮りたいの！」

そう言ってきかないので、仕方なく応じることに。オレはオーナーの知人にスマホを預け、撮ってもらった。そのレストランを訪れたのは初めてだったので記念といえば記念であるが、何も皿洗いの人と撮影しなくてもいいだろうと思ったものである。店を出た直後、蘭に改めて記念写真の理由を聞いてみたが、「ちょっとね」と言うだけだった。

写真をよく見ると、蘭はシンクにたまっている大量の皿を指差していた。

皿……【ＤＩＳＨ】。

だから何？　オレはそう思ったが……それ以来、「人差し指を立てた」記念写真を撮るたびに蘭の指先は様々な言葉を指差していた。

二枚め【ＡＩＲＰＬＡＮＥ】↓飛行機。

三枚め【ＤＲＡＧＯＮ】↓龍。

四枚め【ＭＡＧＡＺＩＮＥ】↓雑誌。

五枚め【ＯＲＩＯＮ】↓オリオン座。

正確には、各単語の前に具体的な名称――例えば【ＮＡＴＩＯＮＡＬ　ＧＥＯＧＲＡＰＨＩＣ　ＭＡＧＡＺＩＮＥ（ナショナルジオグラフィック――）】の写真もあるのだけど、見た感じでは単純な名詞を指しているようだった。だが、オレはいくら頭を捻っても言葉の関連性がわからなかった。

と、着信音が鳴った。見覚えのない電話番号が表示されている。一体誰だろう。オレは見知らぬ人からの着信は一度スルーすることにしている。迷惑な営業電話が多いからである。着信音が鳴り止んだ。が、すぐにかかってきた。同じ番号。こういう場合は電話に出る。急ぎの用事に違いない。

「もしもし、赤星ですが」

『久しぶり、剣。元気にしてる？』

聞き覚えのあるクールな女性の声。菜穂美だ。

彼女と出会った当初は、その無機質な声が新鮮で魅力的だったけれど、今は冷酷非情な声に聞こえる。アメリカから帰国するにあたり、菜穂美の携帯電話と自宅の固定電話、彼女が経営する会社の電話は、あえて着信拒否にしなかった。繋がらない状態は万が一裁判になったとき不利になるかもしれないと思ったからだ。

オレたち夫婦はきちんと連絡を取り合っています、夫婦関係はいたって良好です、と、法律家たちにアピールする必要がある。その証拠といってはなんだが、オレはたまに菜穂美の携帯に電話をかけ、すぐに切るという行為を繰り返していた。発信履歴を残すために。

一方、この約三ヵ月間、菜穂美からの電話は一度もなかった。それはむしろ、裁判の際に好都合かもしれないと思った。妻は、夫はおろか娘にも関心がないんです、夫婦関係はすでに破綻《はたん》しているんです、と逆にアピールできるかもしれない。

「携帯番号、変えたんだ」

『着信拒否してると思ったから』

「でも、どうして今になって電話を？」

『やっと会社が立ち直ってきたの。大変なときに突然いなくなるなんて、剣、ずるいわ。専業主夫、失格よ。それでも夫？』

そういうお前はどうなんだ？　それでも母親か？

その言葉が喉から出そうになった。しかし、寸前で堪えた。ここは冷静にならなければ。

『まあ、いいわ。それで、故郷の暮らしはどう？』

「どうしてここがわかった？」

『そんなの簡単よ。剣のスマホにGPS追跡アプリをこっそりインストールしてたんだから』

「そんなアプリ、なかったぞ」

『非表示にできるのよ。知らなかった？』

　最近、バッテリーの減りが早いような感じがしていたが、長く使用している古い携帯電話だからだろうと別段気にも留めなかった。まさかアプリのせいだったとは。

「ずっと監視してたのか？」

『んなわけないじゃない。たま〜によ。ここんとこ本当に忙しかったんだから。ワタシが忙しいのよく知ってるでしょ』

　菜穂美は社長として全米を、世界中を飛び回っていた。家を一週間空けることはざらにあった。

「勝手に写真を撮ったり、盗聴したりしてたのか？」

　たまに、とはいえ、やっぱり監視されるのは気分が悪い。疑いたくなる。

『さすがにそれはしてない。アプリの存在がバレるから。位置情報を確認してただけよ』

「でもそれ、犯罪だぞ。そもそも無断で他人のスマホにアプリを入れるのは」

『他人じゃない。ワタシたちまだ夫婦よ。そういう剣こそ犯罪を犯しているわ。だって娘を誘拐したんだから』

　そんな大袈裟な。

『蘭はワタシの娘よ』

　いーや、オレの娘だ。

『剣が蘭を虐待していたこと、ワタシが知らないとでも思ってるの?』

3

――一ヵ月前。

『赤星先輩、外務省から連絡がありましたよ』

昼どき、築上町役場の住民課に勤務する麦本から電話を受けるや、オレは口の中に入れていたアサリのバター焼きを戻しそうになった。昨夜、「作り過ぎちゃったの」と美保からもらったあまり物だ。

危ねえ危ねえ。ヒロブーの二の舞を演じるところだった。オレは箸をご飯茶わんの上に置き、耳と肩で挟んでいたスマホを左手に持ち直した。

『言われたとおり本籍は築上町で間違いないけど、本籍に記載されている住所はすでに更地になっていること、世帯主の赤星健三《けんぞう》と妻睦子《むつこ》はジャワ島に移住したこと、そして、息子の剣は、住民票を本籍地に移してはいるが、更地は今なお更地のままで、当の本人は現在、消息不明です、と伝えました』

「わかった。ありがとう麦本」

オレが恩に着ると、『大丈夫ですか?』と尋ねられた。

「たいしたことじゃないさ。スマン、変なことを頼んで。このことは、青春おやじフィフティーズのみんなには内緒にしてほしい。頼む」

そう言うと、オレのほうから電話を切った。

——剣が蘭を虐待していたこと、ワタシが知らないとでも思ってるの？

アメリカにいる妻菜穂美から思いがけず連絡を受けたその日、疑われていたとは思いもしなかった。しかもオレが娘を誘拐したと言うし……不安になり、ネットで調べてみたところ、オレは大変なことをしでかしたのだ、と思い知らされた。それはハーグ条約違反。

ハーグ条約。正式名称は【国際的な子の奪取の民事上の側面に関する条約】。簡単に言うと、夫婦のどちらかが十六歳未満の子供を無断で国外に連れ出した場合に適用される国際ルールだ。近年、国際離婚のトラブルが増加していることを受け、日本は二〇一四年四月に加盟した。

たしかにオレは妻に無断で蘭をアメリカから日本に連れ出した。

だが、オレも菜穂美も日本人。ハーグ条約に違反していないのでは？　と思っていたら違っていた。日本人夫婦間でも、どちらかが海外に連れ去ればハーグ条約が適用されるらしい。

オレは菜穂美と結婚した後、生活拠点をアメリカに移した。それまでのオレは、しがない三流のフリーライター。口を糊《のり》する生活の毎日で、逆玉は夢のひとつだった。

ある日のこと、懸賞で当選したハワイ旅行で菜穂美をナンパした。彼女は日本生まれのアメリカ育ち。日本語も英語も堪能で、ＩＴ関連の会社を経営するいわゆるキャリアウーマン。国籍は日本のままでグリーンカードを取得し、ロサンゼルスで優雅な独身生活を謳歌《おうか》しているという。同い年ということもあってかなんとなくウマが合い、その日のうちに付き合うことになった。

「ワタシの理想の男性？　専業主夫かな。しもべのようにとは言わないけれど、ワタシのわがままをなんでも聞いてくれる優しい人がいい」

思い立ったが吉日。

貧乏暮らしから抜けたいオレは、迷わずその言葉に乗っかることにした。

「オレたち、結婚する？」

軽いノリでそう言ったところ、「いいかもね」と菜穂美は微笑んで受け入れた。

ただ、契約重視のアメリカ社会に慣れ親しんでいるせいか、菜穂美は婚前契約書を要求してきた。婚前契約書はすべて英語で書かれていた。英語に弱いオレにはちんぷんかんぷんだったが、内容はなんとなく理解できた。

家事全般を夫がやること、子供ができたら子育ても夫が積極的にやること、一家の大黒柱である妻を夫が全力でサポートすること。この三点が、契約書の大半を占めていた。

具体的にはゴミ出しや掃除、妻の身体のマッサージ、といった細かいルールが書かれていたようだが、オレは「ＹＥＳ」を連発してサインをし、結婚に漕《こ》ぎ着けた。

そんなオレが今、日本にいる。子育てはやっているが家事全般と妻のサポートは放棄している。婚前契約書に違反していることは明らかである。

うぬぼれかもしれないが、菜穂美はオレのことをまだ好きかもしれない。外務省を通じて娘の返還支援を求めていることがわかったとはいえ、だ。その証拠に、妻は電話で、離婚という言葉をひと言も口にしなかった。まずは娘を取り戻し、夫婦のことはじっくり話をしましょう、という意味かもしれない。

ハーグ条約に話は戻る。

妻から「娘を誘拐された」と訴えられたら反論できそうにない。蘭はアメリカ生まれのアメリカ育ち。ハーグ条約では原則として、元々住んでいた国に子供を戻したうえで、誰が面倒を見るかを、元の国の裁判所で、親権やその後の面会、子供の将来についてなどを決めることになっているようだ。

だからオレは、菜穂美から電話があった後、万が一に備えて麦本に頼んでいた。外務省か裁判所かわからないが、オレの所在を確認する電話があったら、先ほどのような受け答えをしておいてほしい、と。もっとも、菜穂美はＧＰＳでオレの居場所を把握しているから無意味ということに後になって気づいた。

なんだかなあ。オレらしくない。

ハーグ条約におけるＤＶの考え方についても調べてみた。

そう、オレが蘭を連れて帰国した本当の理由は、妻のＤＶから娘を守るためだった。

いつだったか、「久しぶりにパパとお風呂に入らない？」と言ったときのこと。いつもなら「うん」と喜ぶのに、その日に限って嫌がった。そして、娘の白くて細い腕を掴んだとき、手首の裏に内出血の痕《あと》を見つけた。まさかと思い、もう片方の腕も確認した。手首から肘にかけて同じような痣《あざ》があった。瞬時、虐待を疑った。

「その痣、どうしたんだい？」

優しく問いかけても蘭は貝のように口を閉ざした。オレは菜穂美の仕業に違いないと思った。

「もしかして、ママかい？」

してはいけない質問だとわかっていたが、妻を疑うあまりつい口に出てしまった。

当然、蘭は答えるはずがない。

だが、伏線《ふくせん》はある。菜穂美は自分から口には出さないものの、会社の経営がうまくいっていないらしく、帰宅するたびに意味もなく怒鳴るようになった。クールビューティな妻が、ものすごい癇癪《かんしゃく》持ちとは思いもしなかった。「卵焼きが焦げてるだろ～」とか、「テレビの裏に埃がたまってるだろ～」とか。

少しでも気に入らないことがあるとオレに当たり散らした。マダムキラーがオレの立場だったら「違うだろ～このハゲ～」と罵られたことだろう。オレ一人が、彼女の不満のはけ口ならまだいい。

ある日、買い物から戻ってくると、妻が蘭に折檻《せっかん》している現場に遭遇した。娘に手を上げるなんて、初めてのことだった。

「何してる。やめろよ」

オレは菜穂美に反抗した。これも初めて。

「ごめんなさい。ワタシ、どうかしてた」

珍しく謝った。人に頭を下げるのが嫌いなくせに。

それ以来、菜穂美は大人しくなった。だけど、日に日に濃くなっていく蘭の痣を見て妻が信じられなくなった。反省なんて嘘っぱち。オレがいないところで蘭を傷つけていたのだ。

なにぃ。

ハーグ条約では、ＤＶは必ずしも返還の拒否事由になっていないことがわかった。子供に重大な危険があれば連れ戻しを拒むことを認める一方で、子供の安全が確保される状況下ならば親の面会を認めることもあるという。欧米では後者が一般的な考え方らしい。子供が「帰りたくない！」と言えば、その意志を一番に尊重することになっているが、話し合いや裁判の結果次第ではどうなるかわからない。

それにしても、どうして菜穂美は逆にオレを疑ってるんだ？

何を根拠に？　トランプ遊びなどの罰ゲームで蘭に軽くデコピンをしたり、手首にしっぺをしたりしたことはあるけれど……。

隠し撮り？　まさかそれを虐待の証拠として調停の場に持ち出すんじゃ？

反対にオレは、決定的な証拠を持っていない。ヤバイ。罰ゲームの場面を編集でもされたら妻方の弁護士や裁判官を信用させるのに苦労するかもしれない。

一体どうすれば蘭を守れるのか？　オレは天を仰いだ。

「かっこいい〜。パパたちも、こんなふうにかっこよく踊れるの？」

隣で、蘭がうっとりとした目をしていた。麦本が撮影したダンス部のレッスン映像を見終わったらしい。

「パパは完璧だけど、他の四人はまだまだかな。でも今、懸命にがんばってる。本番までにはきっと、素晴らしいパフォーマンスを見せられるよ」

「やったね！」

無邪気に笑うと、蘭は「なんか小腹が空いちゃったー」と冷蔵庫のほうへいき、扉を開けるや、ゆでたまごを二つ取り出した。ゆでたまごはオレの好物であり、蘭の好物でもある。赤星家では冷蔵庫にゆでたまごを常にいくつかストックしている。

「あ、いいこと思いついた。記念写真を撮りたい！」

ダンス部が最後に決めたポーズに刺激を受けたのだろう。

「わたしとパパで一個ずつ持って、もう片方の手で指差して笑うの。雑誌の表紙みたいにね！」

オレは、ちゃぶ台の上でスマホが倒れないようにコップとコップで挟んで固定し、セルフタイマーで撮影することにした。三秒後に設定すると、オレと蘭は「ニッ」と口の端を大きく広げた。

カシャ。撮れた写真をチェックする。二人とも柔らかい笑顔だった。蘭は満足そうに頷くと、ゆでたまごをもぐもぐと美味しそうに食べ始めた。蘭につられてオレもゆでたまごをぱくっと頬張る。

蘭は食べ終えると、「記念写真はこれで終了～」と声高に宣言した。

この日まで撮った記念写真は全部で十枚。

ちなみに先日、七枚め＝はしご【ＬＡＤＤＥＲ】、八枚め＝タコ【ＯＣＴＯＰＵＳ】、九枚め＝酢【ＶＩＮＥＧＡＲ】を立て続けに撮影したばかり。

そして最後は【ＥＧＧ】……蘭はオレに一体何を伝えたいのだろう。

「う～ん」

悩ましげな顔で唸っていると、スマホの着信音が鳴った。

画面を見る。菜穂美からだった。蘭がいる手前、よそよそしい態度を取るのも変だと思い、電話を受けることにした。

『剣？　ワタシ、近くそっちにいくことにしたから』

「えっ。近くっていつだよ」

『わからない。でも、近いことには間違いないわ』

このままでは蘭をすぐに連れ戻されてしまう。

4

――二週間前。

築上町役場の通常業務が終わった後、オレは麦本と五味に付き添ってもらい、件《くだん》の婚活サービスに仮入会することにした。

「いっそのこと正式に入会したらどうです?」

麦本はそう言うが、「遠慮しとく」とオレは即座に断った。

「赤星先輩、イケメンで面白いから女性はほっとかないと思うんだけどなあ」

「中年のおっさんアルバイトに誰が興味持つかよ」

五味がデータ入力を終えたようで、オレのほうに顔を向けた。

「赤星さんの確認していただけますか？」

オレはまず、自分のプロフィールに目を通した。

「うん、オレのはこれで問題ない」

「次に、匿名の女性ですが、名前、どうしますか？　仮入会でも苗字と名前を登録しないと検索できません」

「考えるの面倒だから、苗字は匿名、名前は女子で」

「まんまじゃないですか」と麦本がつっこむ。

匿名女子、と五味が入力すると、その女性――菜穂美をチェックした。生年月日、出身地、学歴などの基本情報はスマホにメモしているので間違いないだろう。だが、趣味、特技、嗜好品《しこう》といった補足情報はちょっと自信がない。

「空欄が多いですけど、これで検索します？　うまくいくかどうかわかりませんよ」

五味が不満な顔をするので、「構わないよ。仮なんで」と言った。五味が検索スタートをクリックすると、結果が出るまでの間、オレは画面から目を離さずにいた。

「赤星先輩。顔、ちょっと怖いです」と麦本。

なんとはなしに眉間を触ると、皺が寄っていた。これじゃまるで明王だ。

「匿名女子って……あの人ですか？」

察してか、麦本はあえて名前を伏せた。五味を含め、残業をしている職員に聞こえないように。外務省を通じて菜穂美からオレに関する問い合わせがあったことは、麦本以外に一部の人間しか知らない。

「あの人との相性を調べてどうしようっていうんです?」

「別にどうもしないさ」

と、検索結果が表示された。運命の女性第一位は、匿名女子。オレは驚きのあまり思わず口を手で覆った。

「この結果、オレにとっては無意味かもしれないな」

「そんなことありませんよ」

麦本が優しく声をかける。だが、そんな気遣いは無用だ。オレの心はすでに決まっている。なのに、どうしてこんな愚かな行為をしてしまったのだろう。自分でもわからない。

「五味さん、オレと匿名女子のデータ、消してください。もう必要ないんで」

オレは二人に礼を言うと、足早に立ち去った。その足で、スナック【あっとほ～む】に向かう。今夜はとことん飲みたいというより、気の済むまで歌いたい気分だった。オレは美保に電話を入れ、蘭の子守を頼んだ。ちょっと遅くなるから、と。開店時間にはまだ早いので、オレは定食屋【あいよ】で夕食を済ませ、目的もなくぶらぶらと町内を散歩した後に入店した。

「いらっしゃい!　赤星さん」

由衣が満面の笑みで迎える。

「こんばんは」

店内には先客の中年男性が五人いた。カウンター席に二人。テーブル席に三人。オレは空いているカウンター席に腰を下ろすと、とりあえず瓶ビールを一本注文した。由衣はテキパキと用意し、冷えたグラスと共に持ってくる。

「由衣ママ、一曲歌わない？」

カウンターの胡麻塩頭が顔を真っ赤にして人差し指を立てると、リモコンを操作する。画面に【蜜柑《みかん》殺人事件】のテロップが表示された。

殺人事件……オレの頭の中であってはいけない妄想が膨らむが、すぐに我に返った。なんてバカなこと考えてんだオレは。

と、スマホの着信音が鳴った。奇しくも菜穂美からだった。オレはぶっきらぼうに電話に出た。

「何？」

『久しぶり。元気にしてた？』

「そうでもないよ」

『機嫌悪そうね』

「そうでもないって言ってるだろ」

『やっぱり機嫌悪い。それはそうと、ワタシ今どこにいると思う？　当ててみて』

そういう言い方をされると答えるのが億劫《おっくう》になる。わたし何歳に見える？　とバカみたいに同じ質問をするキャバ嬢じゃあるまいし。オレは空いた手でビールをグラスに注いでいると、間を嫌ったのか、菜穂美のほうから答えてきた。

『今、成田にいるの』

驚くあまりグラスを倒してしまった。こぼれたビールがカウンターの上に水溜まりを作る。オレは慌てておしぼりで拭き取った。

『夏休み取ったんだ。観光がてらそっちにいく。いつになるかわからないけど』

「はっきりさせろよ。こっちも忙しいんだから」

『忙しいって、あれかしら。剣、今アイドルを目指してるんだって？』

「なんで知ってる」

菜穂美にはなんでもお見通しってわけか。ＩＴのエンジニアだけに。

『じゃあ、そういうことで。また連絡する』

電話が切れると、無性に歌いたくなった。歌いに歌って、嫌な気分を吹き飛ばしたい。

「由衣ママ、次オレと」

歌いながら、由衣は親指と人差し指で輪っかを作った。店内にあるカラオケ機器はやや古い機種で、分厚い歌本がついている。オレは探すのが面倒だったので目をつぶってページを適当に開き、指差した曲を歌うことにした。

【世界中の誰よりもっと】

皮肉にも恋愛もの。しかも、いわゆるデュエットソングではない。メインボーカルは山中美歩で、コーラスはHANDSの穂杉《ほすぎ》翔《しょう》。オレは今の精神状況にふさわしくないと思いつつ、先客が歌い終えそうだったので、これに決めた。世界中の誰よりもっと、由衣ママを想って歌うことにしよう。予約を入れたところで【蜜柑殺人事件】のメロディーが鳴り止んだ。

「由衣ママ、オレがミポポでいい？」

カラオケのモニターが次の曲に切り替わった。オレはマイクを持ち、声を出した。

ところが、出ない。

オレの声が……自慢のハスキーボイスが……。

どんなに口を大きく広げても、とにかく声が出ないのだ。

「赤星さん、どうしたの？」

由衣が怪訝《けげん》な顔をする。

オレは声を失ってしまったのか？

地方予選の本番まであと二週間。

大丈夫か？　オレ。

5

――現在。

地方予選本番を二日後に控えた朝、オレは早く起床して洗顔を済ませ、窓を開けた。朝日がまぶしい。大きく伸びをするとあくびが出た。

蘭は早々に起きたようで、布団が片づけられていた。美保の家にいっているのかもしれない。蘭は日本の小学校に通い始めてから初めて知ったラジオ体操にハマり、美保と毎朝行うのが日課となっていた。将来、健康的な王道アイドルになることを目指して。オレと違い早くに志を立てたのは、とても素晴らしいと思う。

オレはぼんやりと外を眺めていると、美保と蘭が動きやすい服姿で白百合亭から出てきた。美保は片手に小さなCDラジカセを持っている。オレはラジオ体操をするのが面倒なので窓から顔をひっこめ、隠れて様子を見ることに。

「剣も一緒にラジオ体操やればいいのに。朝は弱いみたいね」

美保の言葉に、蘭が素早く反応する。

「というか、今日はなんか具合が悪いみたい」

「熱？」

「よくわかんない。昨日、病院にいってたみたいだけど」

蘭よけいなことを！　美保に心配かけたくないのに。

「そう……じゃあ、二人でやりますか」

美保が言うと、蘭は再生ボタンを押した。お馴染みのゆったりとしたテンポの曲——ラジオ体操第一が流れる。美保と蘭は横に並び、曲に合わせながら身体全体をくまなく動かしていた。朝の清々しい空気の中、爽やかな汗がしたたり落ちている。オレはそんな二人を微笑ましく見ていた。

体操が終了した。美保が蘭を連れて離れの家のほうに歩いてくる。

やべ。

オレは急いで布団に潜り込むといびきをかき、寝ているフリをした。出入り口の様子は見えないが、気配で美保が部屋の中を覗いているのはわかった。

「具合が悪そうには見えないなあ。パパに変わったことない？　食欲がないとか、ネットゲームに飽きたとか、アルバイトの郵便配達を辞めたとか。なんでもいいんだけど」

頼むぞ蘭、今度はよけいなことを言うんじゃないぞ！

「んとねー、練習で歌わなくなった。もうすぐ本番だし、喉を酷使《こくし》しちゃいけないからって」

言っちゃったよ！

「本当に？」

「うん」

「もっともな理由に聞こえるけど、なんか違和感あるなあ。三度の飯より歌うことが好きと言って憚らないあの剣がねえ……もしかして喉の病気とか」

「……わかんない」

蘭の返答に間があった。

そういう場合はすぐにＮＯと答えるんだよ！　美保が勘繰《かんぐ》るじゃないか！

美保が家の中に入ってくるのが足音でわかった。オレは寝ているフリを続ける。美保は忍び足で部屋のあちこちを見て回っているようである。

しまった。鞄の中に白いビニール袋に入った薬袋があるんだった！

「えっ」

美保が驚きの声を出した。

オレはそのまま寝ているフリをしようか迷ったが、起きることにした。わざとらしく寝返りを打ち「う～ん」と唸った。

ガサガサと耳障りな音がした。おそらく美保は、薬袋と一緒に入っていた薬剤情報提供書を見て驚き、白いビニール袋を慌てて鞄の中にしまったのだろう。

「ごめんね。起こしちゃって」

美保が言うと、オレは寝ぼけ眼《まなこ》で枕元の目覚まし時計を確認した。

「なんで美保が？　娘がいるのに夜這《よば》いなんてやめろよ……あ、朝だから朝這いか」

「するわけないでしょ！」

美保は頬を膨らませ、オレの鼻を強くつまむと、「フン」と手を離し、ずんずんと部屋を出ていった。


「パパ、いってきまーす」

朝食を終えた後、蘭はせっせと登校の支度を整え、元気な声で家を出た。近所の友達と合流し、楽しそうにおしゃべりしながら歩いていく。

「いってらっしゃーい」

玄関の前でオレは、娘に負けじと大きな声を出して手を振り、笑顔で見送った。

今日は地方予選本番二日前。しいだアグリパークでの全体練習はこの日が最後だ。どこで噂を聞きつけたか、オレたちがそこで練習していることを知った他の出場グループが早い者勝ちとばかり屋外ステージを利用し始めた。その結果、グループ同士による練習場所の激しい奪い合いが勃発《ぼっぱつ》。埒《らち》が明かないのでオレは麦本に仲介を頼んだ。

「ここは町の直営なんだろ。なんとかしてくれ」

麦本は「住民課で担当じゃないんだけど」と面倒臭がっていたが、「なんとかしてくれないとお前の秘密、彼女にバラすぞ」と脅したところ、「わかりました！」と直ちに対応してくれた。こんなとき先輩でよかったとつくづく思う。結局のところ、麦本の秘密なんて知らないのだけど、案外ハッタリも有効だな、と。

屋外ステージは一回二時間の予約制になった。開始時間と終了時間の定めはないが、二十四時間ほぼすべての予約が埋まった。ほぼ、とは、さすがに真夜中に予約する人はいないという意味だ。そんなに利用者がいるの？　とオレは目を丸くしたが、利用者は何も【イケてるミドルアイドルコンテスト】に出場するグループだけじゃないとわかった。日舞、コーラス、ヒップホップダンスなど、様々な目的の人がいる。

本番前日は、会場であるコマーレでのリハーサルを控えている。リハーサルといっても審査員がいないだけで、本番と思って歌とダンスを披露しなければならない。

本番当日。青春おやじフィフティーズは、事前の抽選によりトリを務めることが決まっている。みなのメンタルが心配だが、なるようになるしかない。

オレは軽めに朝食を済ませると、ＣＤラジカセを持って浜の宮海岸へと向かった。今日の全体練習まで少し時間がある。いま一度、喉の調子を確認しようと思った。

防潮堤の上に到着した。周りに誰もいないのを確認する。見られて恥ずかしくはないが、このときは人目を気にすることなく、のびのびと歌ってみたかった。

背後で人がやってくる気配を感じた。このあたりは見通しがよく、人がいればすぐに目につく。しかし、振り返っても誰もいなかった。気になり、そのまま数歩進んで綱敷天満宮に隣接する駐車場に目をやった。車が数台あるだけでやっぱり誰もいない。車の中にいるのかもしれないが、防潮堤の上からは見えない。

オレは元の位置に戻ると、深呼吸をして気持ちを落ち着かせ頭の中を空っぽにした。努めて平常心を保った。うん、今日は大丈夫かもしれない。ベンチの上に置いてあるCDラジカセの再生ボタンを押した。

曲はもちろんSHOW☆TOKU太子の【ガラスのセブンティーン】。カラオケバージョンだ。

オレはメロディに合わせて、自慢の甘い声を上げた。マイクを持ったつもりで。だが、どういうわけか声が出ない。頭の中には歌詞が巨大なテロップとして浮かんでいる。菜穂美の顔が一瞬横切ることはあるものの、ワイプ程度の大きさなので気になるほどではない。おかしい……停止ボタンを押し、もう一度CDを再生させた。

今度はバッチリだった。意識のモニター画面には歌詞だけでなく動画サイトで見たSHOW☆TOKU太子の映像が流れているが……メンバー全員の顔が菜穂美に変わった。

うわっ！

オレは曲を止めると、がっくりとベンチに腰を下ろし、頭を抱えた。

――もしかしたら心因性発声障害かもしれませんね。

メンタルクリニックの医師からそう告げられたのは二週間前。最後にスナック【あっとほ～む】に足を運んだ翌日のことである。帰国して以来、声が出ないことは何回かあったが、その原因は風邪などの体調不良だったり、酒の飲み過ぎで喉を痛めたことだった。

あの夜、オレはしらふで【世界中の誰よりもっと】を真剣に歌うつもりだった。しかし、歌い始めた瞬間、菜穂美の不敵な表情が脳裏をかすめた。頭を振り払って彼女の顔を消し、声を張り上げたが、やっぱり歌声にならなかった。消えたはずの菜穂美が頭の中を支配したからだ。

「赤星さん大丈夫？　体調でも悪いの？」

由衣ママは心配してくれたが、オレはその場にいたたまれず、店を飛び出した。離れの家に戻るや風呂にも入らずにそのまま布団に潜り込んだ。けれど、ショックが大き過ぎて一睡もできない。そのまま朝を迎えると、蘭にはいつもと変わらない良き父親の態度で接し、学校へ送り出した後、真っ先に病院に駆け込んだ。そして、診断された病名が心因性発声障害だった。声帯が閉じずに声が出なくなる症状で、原因は精神的なものらしい。医師によると、明日治るかもしれないし、五年後、十年後に治るかもしれない、と。

「会話はできるのに、なんで歌うことはできないんですか？」

愕然とするあまり、オレは医師に聞かずにいられなかった。

「今歌えないとすごく困るんです！」

「アドバイスできるのは心のバランスを保つこと。原因はわかってるんじゃないんですか？」

そう言われ「ハッ」とした。精神安定剤を処方してもらったが気休めにしかならない。医師には正直に言えなかったが、オレにはわかっていた。

ハーグ条約違反。

娘を奪われるかもしれないという恐怖が、オレの知らない間に心をすり減らしていたのかもしれない。じわりじわりと。

6

「珍しいな、練習を見たいなんて」

昼過ぎ。オレは中古のシティサイクルでしいだアグリパークにのんびりと向かう道すがら、ママチャリで後ろをついている美保に声をかけた。

「仕事さぼっちゃダメだろ。ランチタイムも営業してるんだろ」

「お昼は臨時休業にしたから」

「おいおい大丈夫か？　白百合亭、そんなに儲かってるふうには見えないけどな」

「わたしの心配はいいの。そっちのほうこそ大丈夫なの？」

「バカにするな。今日は振り付けの細かい確認をするだけさ。みんなバック・スケーティングやターンを無難にこなせるようになったし。しかもヒロブーは高速スピンもできるようになった。見ものだぜ。あの巨体がくるくる回るのは！」

「へえー」

美保はそれだけ言うと、黙り込んだ。

「どうした？」

「……別に」

オレは自転車をこぐスピードを落として美保の横に並び、彼女の顔を見つめた。どことなく物憂げな表情をしている。

「言いたいことがあるなら言えよ」

オレはそう言い置くと、再び美保の前に出た。

白百合亭から二十分ほどで、しいだアグリパークに到着した。純平、光司、幸広、明王は先に着いていた。青春おやじフィフティーズ全員と顔を合わせるのはおよそ一ヵ月ぶりである。二人だったり、三人だったり、練習は毎週欠かさずにしたけれど、なかなか全員のスケジュールを合わせることは難しかった。みな失業中とはいえ、家族の予定などの事情があって忙しいのだ。

オレはさっそく練習を開始した。メインボーカルのオレには激しいダンスはないので、ステージから少し離れた真ん中あたりに立ち、険しい目で四人をチェックした。

「ウブ平、そこは右足から入ると何度も言っただろ」

「マダムキラー、手の動きが左右逆だぞ」

「ヒロブー、動きがワンテンポ遅い」

「アッキーオ、スマイルを忘れるな。お前には一秒たりとも真顔は許されないからな」

などと厳しい檄《げき》を飛ばしていく。終盤、四人の動きが綺麗に揃ってくると、オレの叱責は減っていった。

二時間の練習時間はあっという間に終わった。

「みんなお疲れさん。今夜はゆっくりと身体を休めてくれ。そして明日は、午後からコマーレでリハーサル。本番のつもりでがんばろう」

オレが締めくくると、一同、解散した。

「じゃあオレたちも帰るか」

オレは美保に声をかけ、自転車を置いてあるほうへ歩きだした。すると、後ろをついてくる美保が、

「なんで歌の練習をしなかったの？」

と尋ねてきた。

「喉の温存」

オレは前を向いたまま言った。「酷使はよくないからな」

「本当にそれだけ？」

美保がときを置かずに聞いてくる。「午前中、ＣＤラジカセ持って出かけたでしょ。歌の練習してたんじゃないの？」

浜の宮海岸の防潮堤に上るとき、人の気配を感じたのはそういうことだったのか。おそらく美保は、自宅から双眼鏡で見ていたのだろう。

オレは話す気にもならず、自転車にまたがった。

「今日は飯食って早く寝るか。疲れた」

「ちょっと待って。質問に答えてない！　歌の練習、してたよね？　でも声が出なかったんだよね？　違う？」

オレは軽蔑するような眼差《まなざ》しを向け、「不合格」と強い口調で言い放った。

「これ以上、首をつっこむな。お前にオレの何がわかる。これはオレの問題なんだ！」

噛《か》みつかんばかりに吠えると、オレは急いで自転車を走らせた。


ちょっと言い過ぎたかな。

その夜、オレは湯船に浸かりながら美保に強くあたったことを反省していた。離れの家に浴室はなく白百合家のものを借りている。それ以外にも些細な用事で白百合家に出入りすることは多々あり、オレは美保と顔を合わせるのが気まずかった。

「かしこまりました！」

宴会場のほうから、美保の元気な声が聞こえた。

「おまたせしました！」

この二つの言葉が繰り返し聞こえてくる。宴会場と調理場をいったりきたりして忙しいのだろう。そういえば、美保から愚痴や弱音を聞いたことがない。

「しばらく居候させてくれよ」

と頼んだときもそうだった。普通の神経の持ち主なら「はあ？」と嫌悪するところを、美保は快く受け入れてくれた。感謝してもしきれないくらいなのに、オレは突き放してしまった。それだけに反省の二文字が頭から離れない。しかし、やっぱり家族の問題に触れてほしくない。よけいな心配をかけたくない。

オレは浴室から出ると、離れの家に戻った。蘭は、パジャマ姿のままちゃぶ台に向かって何やら作業をしていた。勉強をしているのかな？　と思って背後から首を伸ばして見ると、オレのスマホを操作していた。夢中になっていてオレの存在に気づいていないようである。

と、蘭がはっとして振り返った。

「何度も言ってるだろ。パパのもの勝手にいじっちゃダメだって」

「ごめんなさい」

蘭は憂《うれ》いのある顔をした。「最近、ママから電話があったんだね。ママ、元気？」

「ああ」

「よかったー」

なんと健気《けなげ》な娘だろう。あんなむごい仕打ちを受けたというのに母親のことを気にかけるなんて。オレは腰を下ろすと、蘭を抱き寄せ、あぐらをかいた足の上に座らせた。

「ママに会いたいな」

どうして突然そんなことを言うのか。

「パパのこと、嫌いになったのかい？」

蘭はかぶりを振った後、「会いたいから」と言った。蘭は一体何を考えているのだろう。オレは理解できなかった。

「パパは会いたくないの？」

その質問には答えずにオレはスマホに目線を落とすと、画面には例の記念写真が表示されていた。オレと蘭がゆでたまごを持って笑っている。

オレはスマホを手に取り、写真アプリのフォルダ【蘭と記念写真〜謎のキーワード〜】のカテゴリーをタップした。全部で十枚ある。

思い起こせば、記念写真が始まったのはオレと菜穂美の関係が悪化していた頃だった。悪化というと語弊《ごへい》があるが、夫婦関係に亀裂《きれつ》が入ったのではない。オレが一方的に菜穂美を遠ざけていた。蘭の身体に虐待の痕を見つけたあの瞬間から……オレは、外出する際は必ず蘭と一緒に出かけた。オレがいないところで妻が娘に暴力を振るっているかと思うと気が気でない。菜穂美を信じたい思いと無実なのに問い詰めたばかりに傷つけてしまう恐れから、コトの真相を聞けずにいたのである。

ある日、オレは菜穂美が蘭に折檻しているところを目撃した。無実ではなかったのだ。

「ごめんなさい。ワタシ、どうかしてた」

謝る妻を、オレは許した。しかし、日を追うごとに濃くなっていく蘭の痣を見てオレは菜穂美を信じられなくなった。だからオレは蘭を連れて緊急帰国した。守りたい一心で。

「ママ、見にきてくれるかな？　コンテスト」

蘭の言葉で、オレは我に返った。今ごろ菜穂美はどこにいるのかわからないが。

「どうだろうねえ。ママは忙しい人だから」

「きてくれると嬉しいなー」

嬉しい？　オレは理解不能に陥った。

蘭は菜穂美を嫌いじゃないとすると……記念写真の意味するところはなんなのか。

その謎が解ければおのずと歌声も戻る？

オレは写真を一枚ずつ改めてじっくりと見ていったが……結局何もわからないままにその日を終えた。

7

地方予選本番前日。

うお、意外と広いな。

初めて足を踏み入れた二階の大ホールで、オレは最後列の客席からステージを眺め、目を見開いた。

ステージでは他の出場グループのリハーサルが行われていた。懐かしのアイドル歌謡曲が大音響で流れる中、舞台ならではのカラフルな照明が彼らを鮮やかに照らしている。

あー、この歌知ってる。

昔よく聞いたなあ。

一人で懐かしんでいると、オレは自然と歌詞を口ずさんでいた。

彼らの表情は真剣そのもので、このコンテストに賭ける情熱が、アイドルになりたいという切実な思いが、ひしひしと伝わってくる。

こりゃ、オレたちも負けられねえな。

そう思う一方で、彼らの衣装が普段着のため、見た目はアイドルというより普通のおっさんに見えてしまうのはちょっと残念だった。まあ、オレたちも人のことをとやかく言えないが。

時刻を確認した。十五時三十分。トリを務める青春おやじフィフティーズは、本番同様に最後にリハーサルを行う。京築地区予選の出場グループは全部で二十グループあり、オレたちの出番は十六時三十分である。

オレは階段を上がり、三階の楽屋に戻った。

中はテレビ番組で見たことのある楽屋の雰囲気そのもの。壁にはたくさんの鏡があり、その前には横に長い化粧台と丸椅子が備え付けられている。思ったより広く、ちょっとした振り付けの確認もできる。

純平、光司、幸広、明王は、奥のスペースに集まっていた。みな壁に寄りかかって地べたにあぐらをかいて座っており、精神統一しているかのように静かに目を閉じている。

オレがみなのほうへ近づいていったときだった。楽屋のドアが開き、

「みんな、調子はどう？」

と美保が顔を見せた。後ろには蘭もいる。

オレを除く一同、「はあ」「まあ」「ぼちぼち」などと声に張りがない。

「緊張してるだけです」

純平が答えるや、光司と明王が「本番に弱いかも」「身体がガチガチ」と弱音を吐く。

「リラックスリラックス。今日はリハよ」

美保は励ますと、「パパがいるからだいじょーぶ！」と蘭が親指を立てた。蘭の屈託のない笑顔に、張り詰めていた場の空気が和む。

「赤星先輩、もう一度振り付けのチェックをしましょう」

明王がそう言って立ち上がると、純平、光司、幸広も続いた。

「よし、やるか」

オレが気合を入れると、四人は他のグループの邪魔にならないよう横一列に並び、オレと対峙するように正面に立った。

「せーの」

そう言って、オレはアカペラで歌い始めた。周りに対する配慮で、歌声は蚊の鳴くように小さいけれど。

オレは右に左にゆっくりと歩きながら四人の振り付けを確認する傍ら、目の端で美保をちらりと見た。

目をうるうるとさせ、ぱあっと明るい表情をしている。

どうだい？　美保。オレは歌えるんだ。心配はいらない。

「蘭ちゃん、もう出ようか。ここにいると邪魔になるし。大ホールにいこ」

美保は蘭を連れて部屋を出ていった。

十六時二十二分。

オレが舞台袖から客席を覗くと、美保と蘭は、後ろのほうの通路側の席に腰を下ろしていた。もっと前のほうに座ればいいのに。そう思ったが、他の出場者の応援者たちが陣取っていて、アウェー感が漂っている。オレは納得した。応援者たちがリハーサルの最後まで残っているのは、オレたちを含め出場者全員を偵察するためかもしれない。

ほどなく、背の高い女性が通路側の席に座る美保たちのそばを通り過ぎた。舞台袖からでもスタイルの良さがわかる女性はゆるふわな感じのミディアムヘアで、小さなキャリーバッグを持参している。階段状の通路を歩くには大変なのに女性は軽々とバッグを片手で持っていた。華奢な感じに見えて腕っぷしは強いと見える。気の強い人かもしれない。

女性は客席の中央あたりにきたところで適当な席に座った。ホールの中は薄暗いというのに、サングラスを外そうとしない。

もしかしてあの女は……。

オレが疑問を抱くや、流れていた曲が止まった。ステージに立っていた他のグループは「ありがとうございました」と頭を下げ、足早に去っていく。

十六時三十分。

「次は最後のグループ。青春おやじフィフティーズです」

舞台袖で舞台監督と思われるキャップをかぶった男性がマイクを持ってしゃべると、ほどなく開演を知らせるブザーが鳴った。ステージ上は暗転になり、客席も暗闇に包まれた。

曲がスタートした。ステージ全体はブルーの照明に包まれ、幻想的な世界に変わった。

【ガラスのセブンティーン】は、メロディが始まるとすぐに歌うことになっている。

オレは本番さながらに全身全霊で歌うつもりだったが、考えを改め、声量を抑えることにした。声は小さくてもいいから最後までしっかりと歌おうと思った。

イントロの部分。

オレは無難に歌った。

そして、間奏。

オレ、純平、光司、幸広、明王は、一斉にステージ上を縦横無尽《じゅうおうむじん》に走り出した。つい先日までローラースケートでまともに滑ることすらできなかったのが嘘のように、走りはスムーズ。序盤で幸広が巨体をくるくる回転させるダンスを披露したとき、決まった！　とオレは嬉しくなった。

ところが、次の歌詞に移ろうとした瞬間、オレは表情がこわばり、突然に声を失った。オレの異変に気づいたのか、純平、光司、幸広、明王は、踊りながら怪訝な目を向けている。

観客席の美保と蘭は今、どのような心境でオレを見ているだろうか。

オレは声が出ないというのに不思議と冷静でいられた。口パクだったがリハーサルはそのまま続けられた。舞台監督が首を傾げている様子が見えたが、照明と音響のチェックが第一で、出場グループの状態は二の次のようだった。

結局、オレは最後まで歌わないままリハーサルは終了した。オレたちはスタッフに礼を述べると、オレは真っ先に奥へ引っ込んだ。

オレが楽屋に戻ってきたとき、美保と蘭がドアの前に立っていた。二人とも神妙な面持ちをしている。オレは「心配するな」とそれだけ言うと、楽屋の中に入った。

遅れて、純平、光司、幸広、明王がやってきた。

「赤星先輩、一体どうしたんですか！」

明王が悲鳴に近い声を上げた。

「本番のつもりでがんばろうって言いましたよね？」

同調するように純平も悲しげな表情をしたかと思いきや、幸広は「喉に障りがあるようなもの食べたんじゃないんですか？」と少し間の抜けた質問をした。みなが複雑な顔を浮かべる中、光司は顎を触り、何やら考え事をしている。

「赤星先輩、ちょっと聞きたいことがあるんですけど」

光司が言った。「喉の酷使がよくないからって最近練習で歌いませんでしたよね。あれって歌わなかったのではなく、歌えなかったんじゃないんですか？」

しかし、オレは答えない。光司が質問を続ける。

「そして歌えなかったのは、喉を痛めているからですよね。違います？　だから今日のリハ、声が小さかったんですよね」

オレは押し黙ったまま、目だけは光司を見据えた。

「わたしが答えるわ」

美保が言った。

「えっ」

オレが驚きの声を上げると、出入り口に立っていた美保がこちらに歩いてきて、「いいよね？　剣」と、返事を待たずに説明を始める。

「剣は喉を痛めているんじゃなくて、心を痛めているの」

一同、首を捻った。蘭は、興味深そうに耳を傾けている。

「今、精神安定剤を飲んでる。そうだよね？」

少し間があった後、「ああ」とオレは認めると、明王が真っ先に質問してきた。

「赤星先輩、なんでそんな薬を飲んでいるんです？　何を悩んでいるんです？　遠慮なく言ってください。仲間じゃないですか！　何よりもリーダーじゃないですか！」

明王は真剣な眼差しでぶつかってきたが、オレは無視してスポーツバッグを肩にかけた。

「心配するな。本番は体調を万全にしてきちんと歌ってみせるよ。じゃあな」

そう言ってオレは部屋を出ていくと、蘭が、

「パパ、待って」

と後を追うように走ってきた。オレが振り返ると、蘭は物憂げな顔をしていた。

その夜、オレは布団の中で、憂いに満ちた蘭の顔が頭から離れなかった。

ごめんな、蘭。がっかりさせて……。

だが、隣で眠る蘭は、すやすやと安らかな寝顔をしている。

まかせろ、蘭。本番はがっかりさせないぞ！

そのときだった。

枕元に置いているオレのスマホが、ブルブルと振動し始めた。

画面を見ると、菜穂美だった。

オレはスマホを手に取るや、蘭を起こさないようそっと離れの家を出て、白百合亭の駐車場のほうへ向かった。白百合亭は敷地内の三方を松林に囲まれていて、近くに民家はない。外灯は正面玄関のほか、駐車場の出入り口にしか設置されておらず、夜になると見通しが悪くなる。少し気味が悪いぶん、急用でもない限り人が訪問してくることはない。こなら人目を気にせずに話ができる。

電話に出た。初めのうちは当たり障りのない話をしていたが、ある段になるとオレは怒

りが込み上げてきた。

「菜穂美、正気か？」

思わず声を上げた、その直後だった。

カン。

何者かが空き缶を蹴ったような、乾いた高い音が聞こえた。オレは周囲を見渡すも、見通しが悪いためよくわからなかった。人でないなら野良猫？　野良犬？　それとも風にあおられて？……気になりつつも、オレは菜穂美との会話に戻った。

「何を企《たくら》んでるんだ？」

オレはさらに声が大きくなった。

「オレの邪魔はさせないぞ！　糞《くそ》食らえだ。ハーグ条約なんて」

がなり立てると、オレは電話をブチッと切った。

8

ステンレス製のボウル、全然使ってないけどいらないな。この際思い切って捨てよう。燃やせないゴミだっけ？　壊れた蛍光灯も溜まったな。有害ゴミ？　あー、イライラしてくる。

夜遅く、オレは台所でゴミの整理をしていた。明日は日曜日で収集日でないのに。誰にでもこんな経験があると思う。取り立ててやらなくてもいいのに、やってしまう。そんな経験。一度気になって始めたらキリのいいところまでやめられない。オレは今そういう状況になっていた。どうして日本はゴミの分別が細かいのだろう。嫌になってくる。家事は苦手だ。美保にお願いしよう。玄関の前に出しておけば、いつものように分別してくれるはずだ。

そろそろ寝るか。オレは作業を切り上げると、手洗いを済ませ、布団に潜り込んだ。隣では蘭が静かに目を閉じている。ふと、駐車場での出来事が頭をかすめた。

カン。

あの音はやはり人が蹴ったに違いない。しかし一体誰が……。

美保だ。

どこまで盗み聞きしていたのかわからないが。

ただ、ハーグ条約にオレが巻き込まれていることがバレてしまった。明日にでもオレがハーグ条約に違反してアメリカから逃げてきたと理解するはずだ。わたしにできることある？　とオレが家を出る前に聞いてくるかもしれない。

美保もオレに似て困っている人を放っておけないところがあるが、オレと異なるのは必ずしも自力で解決してあげられないこと。他人の問題に首をつっこむなら、全身全霊でサポートするべきである。なのに美保は口を挟む。お節介も度が過ぎるとよけいなお世話ということを知らないのかもしれない。

それはさておき、問題は菜穂美だ。菜穂美はすでにオレが離れの家に住んでいることを知っている。ここから一歩も出られないようにするのだろうか。いや、それはないな。現実的ではない。オレが彼女の立場だったら相手を二度と立ち直れないほど精神的に追い込む。晴れ舞台の場で。菜穂美も同じことを考えているはずだ。しかし、どのような手段で邪魔をするのかわからない。まずいな……菜穂美の顔を見ずとも一瞬脳裏をよぎっただけで声が出なくなるというのに。

今日、リハーサルで小声ながらもわずかに歌えたのは、無心になれたからだ。何も考えずにいれば心因性発声障害を克服できるということを、身をもって学んだ。

それにしてもまさか客席に菜穂美がいるなんて……最初はドッキリかと思った。だけど、そうじゃなかった。ステージの上からでもわかる切れ長で涼しげな目は、紛《まぎ》れもなく菜穂美だった。身体全体から「菜穂美よ」とアピールするかのように、自意識過剰オーラが出ていた。

蘭に会ったのだろうか。奇しくも客席には娘もいた。「蘭、元気にしてる？」と電話で質問してきたことから知らなかったのかもしれない。いや、娘の隣にいた美保が壁となり気づかなかったのだ。

グッジョブ。昔から美保は、困っている人に対してなんらかの行動を起こした結果、美保の思いとは裏腹《うらはら》にその人が本当に困っていることを間接的に解決したり、その人とは無関係の人に良い成果をもたらすことがある。美保が自力で解決できない代わりとはいっては変かもしれないが、オレは彼女と少しの間だが付き合っていた頃、何回かそんな場面に遭遇した。

例えば、落とし物の話。下校中、美保は見知らぬ男性の免許証が入った財布を拾うと急いで交番に届けた。対応した警察官は免許証の住所を見て「ウチのすぐ近くだから」と親切にも男性宅まで届けるという。後日、新聞でわかったことだが、その警察官は挙動不審な態度をとった落とし主を怪しみ非番の日に張り込みを続けたところ、なんと男性は窃盗《せっとう》犯だった。その後、警察官は所轄の刑事課に配属された。刑事になるのが夢だったらしい。

こんな話もある。普通電車で起きた嘘のような奇跡の出来事だ。オレと美保は、二人席が向かい合わせになっているボックスシートに横並びに座っていて、正面には人生に疲れたような貧相な中年男性がいた。美保は、杖をついたおぼつかない足取りの老女が乗車したことに気づくや真っ先に席を譲り、オレも従った。老女は礼を言いつつ腰を下ろし、中年男性と目が合った瞬間「一郎？」と声を震わせた。最初は怪訝な顔だった男性も「おふくろ？」と目を潤ませた。後で老女に聞くと、男性は三十年前に中学卒業と同時に家出した一人息子だという。以来、母子は音信不通。まさか電車の中で再会するとは思いもしなかったらしい。

一方、美保自身が困っているときはそれが後になって笑い話となり、周囲の者を満面の笑顔にしてくれる。例えば、家庭科の調理実習。塩と砂糖、醤油とソースなど調味料をよく間違えていた美保は、先生に叱られるも最終的に完成した料理は「美味い」と唸らせるほどの逸品《いっぴん》となり、地元の商工会主催のお祭りで斬新《ざんしん》なB級グルメとして紹介されたことがある。きっと美保はそういう星の下に生まれたのだろう。

おっ、ひらめいたぞ。

美保には悪いが、本番に遅れてもらおう。裏方さんがビデオカメラを回すことになってるし、最悪間に合わなかったらそれを見てもらおう。

オレは何気なくスマホを手に取り、天気予報を確認した。明日は快晴か。よかった。どんよりとした気持ちを明るく照らしてくれるのは、日本晴れと周りを笑顔にする持ち主の美保くらいのもんだ。

「ねえ、パパ」

寝ていたと思っていた蘭が声をかけてきた。「わたし、言わなかったよ。ミポロンからパパの悩み知ってるんじゃない？　って聞かれたんだけど、言わなかったよ」

「……ありがとう」

蘭は、オレが心因性発声障害であることを知らない。けれど、病名は知らなくとも歌えなくなった原因――夫婦関係の悪化――を知っている。昨日、蘭は「ママに会いたい」と言った。オレは菜穂美に娘を返すべきなのだろうか……ちょっと待て。蘭はオレと菜穂美の子だ。返すというのはおかしいのではないか？　じゃあどうする？　悩み過ぎて眠れないような気がした。「体調を万全にしてきちんと歌ってみせるよ」と言った手前、一睡もせずに本番に臨むわけにはいかない。とにかく明日はステージを成功させることだけに神経を集中させよう。邪念を取り払って無心になれば、おのずと歌声は戻るはずだ。

9

地方予選本番日。

朝方、オレはテレビで天気予報を見たとき、一日中すっきりとした空模様とわかり晴れ晴れとした気持ちになった。だが、心は曇り空だった。果たして本番で歌えるのか……オレは昨夜眠りについても、菜穂美とのやりとりが頭から離れなかった。

――オレの邪魔はさせないぞ！　糞食らえだ。ハーグ条約なんて。

勢いであんなことを言ってしまった自分を、ちょっと反省する。今は努めて冷静にならなければいけない大事なときなのに……でもいまさら反省しても仕方ない。

出発しよう。

オレが玄関を一歩出たとき、離れの家の前にうず高く積み重ねられたゴミの山が目に留まった。今朝、オレが急いで家から出したもので、多くは、蛍光灯、カセットボンベ、錆びたフライパン、といった燃やせないゴミや有害ゴミである。

美保がこのゴミ山を見たら、きっとこう思うだろう。

ゴミ収集日は明日なのになんで？

よくもまあ、こんなに溜め込んでいたものね。

離れの家の中は狭く置き場所に困るのはわかるけれど、あんなふうに放り出すのはどうなのよ。

次に美保は、こう思うだろう。

今から片づけをしたらオレたちの晴れ舞台に間に合わないかもしれない。

かといって、そのままにして白百合亭を訪問する客の視界に入るのはいかがなものか。風にあおられてゴミがあちこちに散乱するかもしれない。

そうなったら大変だ。まずは片づけを済ませなきゃ！

オレはこうなると予想している。いや、予想ではない。

予言だ。

美保は必ず行動を起こすはず！

回り回って最後には、オレは幸せになるはず！

「パパ」

楽屋に蘭がやってきたのは十五時前だった。本番は始まっていて、いくつかのグループはすでにステージを終えている。この場にいるのは本番を控えているグループだ。みな顔に舞台メイクを施し、アイドルらしい派手で煌《きら》びやかな衣装に身を包んでいる。

オレたちは、SHOW☆TOKU太子の【ガラスのセブンティーン】を歌うということで、全体的にガラスをイメージした透明感のある薄手の白い衣装を着ている。ポイントは額に巻いた長い鉢巻だ。オレは赤、ウブ平は青、マダムキラーは緑、ヒロブーは黄、アッキーオは桃。ただし、マダムキラーだけは鉢巻を巻いたフェルトハットをかぶっている。ハゲがバレないようにするためだ。

リハーサルとは違い、オレたちは和気あいあいと雑談をしていた。優勝したら祝勝会は何を食べようか、福岡県本大会ではもっとすごいダンスを取り入れようか、とか。大ホールのほうからは各グループの歌声が聞こえてくるが、メンバーの誰一人として見にいこうとしない。見ると逆にプレッシャーになるかもしれない。よそはよそ、自分たちは自分たち。みなそういう気持ちなのだろう。

オレは雑談に参加しながらも努めて精神を落ち着かせていた。菜穂美の顔は一瞬たりとも浮かんでいない。上手い具合に意識の映像制御ができている。試しに小声で「菜穂美」

としゃべってみたが、彼女は出てこない。この調子なら本番ではきちんと歌えそうだ。幸い、みなは昨日のことなど忘れたかのように、オレに何も聞いてこない。信頼してくれている。なんだかんだと本番ではやってくれるはずだ、と。

「で、どうだった？」

蘭を膝に乗せ、オレは聞いた。

「パパの言ったとおり、ミポロンは家の中に入ったよ」

オレはほくそ笑む。

美保はおそらく、ハーグ条約に関する妻からの訴状なる書類があるかもしれないと家の中を探し回るだろう。コトの真相を知りたいがために。しかし、そのような書類はない。諦《あきら》めた美保は家を出て、今度はゴミ山を片づけ始めるに違いない。予言的中だ。

オレは蘭に、白百合亭から出てきた美保を引き付け、離れの家に入ったのを見届けたら急いでコマーレにくるようにと指示していた。ゴミ山は作戦を実行するための手段に過ぎない。今ごろ美保はぶつぶつ文句を言いつつも片づけていることだろう。世話になっておきながらこんなことをするのは忍びないけれど、オレたち家族の問題に触れてほしくない。菜穂美は今日、邪魔をすると宣言している。それを知ったら美保は協力すると言ってきかないに違いない。自力で解決できないくせして。それなら最初から関わらないでほしい。

「パパ」

蘭が振り返り、顔を上げた。「今日、ママはくるんだよね？」

「たぶんね」

「よかったー」

妻の目的を蘭は知らない。知ったらきっと軽蔑するだろう。菜穂美、それでもお前はオレの邪魔をするのかい？　蘭に嫌われるのを覚悟のうえで？　未だに姿を見せないところを見ると中止にした？……もしそうなら願ってもないことだが。

「パパ、それ何？」

蘭が長机の上の小さなメモを指差した。記念写真に写っていた謎のキーワード十個を紙に書き起こしたものだ。

一枚め【DISH】↓皿。

二枚め【AIRPLANE】↓飛行機。

三枚め【DRAGON】↓龍。

四枚め【MAGAZINE】↓雑誌。

五枚め【ORION】↓オリオン座。

六枚め【MONDAY】↓月曜日。

七枚め【LADDER】↓はしご。

八枚め【OCTOPUS】↓タコ。

九枚め【VINEGAR】↓酢。

十枚め【EGG】↓（ゆで）たまご。

写真を眺めてもわからないから、こうして文字にすることで何かひらめくかもしれない。そう思ったのだが……今のところ解けていない。

「あのさー、ちょっと聞いてくれる？」

光司がにやにやしている。「この間、娘の芽衣がさ、私の誕生日祝いに初めてメッセージをくれたんだよ」

「よかったじゃん」

純平が肩をポンと叩いた。

「で、そのメッセージを読んだとき、ああ、芽衣はやっぱり私の子だな、としみじみ思ってさ。感動すら覚えたよ」

「へえー、なんて書いてあったの？」と幸広。

「お父さん、めでたく五十歳になりましたね。でも年なんだから無理をしないでね。とにかく健康を第一に考えて。うんちくをひけらかすのもほどほどにね、って」

「どのあたりで自分の子だな、って思ったんだ？」

明王が頭を傾けた。

「あ、そうか。口頭じゃわかりにくいか」

言いつつ光司は、机の上のペンを取り、メモ紙にメッセージの文面を横書きに書いた。

「一番左の頭文字を縦読みしてみろよ。お父さんのお、めでたくのめ、でもので、とにかくのと、うんちくのう。全部で、おめでとう、ってなるだろ」

純平、幸広、明王は「おおー」と目を見開いた。

縦読み？

まさか……オレは、書き起こした十個のアルファベットの頭文字を縦読みしてみた。

【DAD　MOM　LOVE】

蘭はこれを伝えたかったのか……口でさらりと言われるよりも、こんなふうに謎解きという形で伝えてくれたほうがはるかに記憶に残る。一生忘れることはないだろう。

蘭はオレと菜穂美が関係を修復してほしいと心から願っている。虐待を受けたというのに。そんな娘を、ますます愛おしいと思った。

10

「赤星剣さん、いらっしゃいますか？」

ほどなく出入り口のドアが勢いよく開き、髪を整髪料でがっちりと固めた長身痩躯《そうく》の中年男性が険しい表情で言った。京築地区地方予選の責任者である。男性の後ろには、菜穂美がいた。

「ママ！」

言うなり、蘭は喜々として駆けていく。

「蘭、元気にしてた？」

菜穂美は腰を落として蘭を受け止め、優しく抱きしめる。

「赤星さん、ちょっとこちらまでよろしいですか？」

責任者が手招きするのでオレは席を立った。内密な話のようだが用件はわかっていた。そこそするのは嫌いだし、どうせ表沙汰《おもてざた》になるのならみなのいる前ではっきりさせたいと思った。

「いいえ。いきません。今ここで言ってください」

責任者は躊躇《ちゅうちょ》したが、「わかりました」と神妙な面持ちで背筋を伸ばした。

「残念ながら、青春おやじフィフティーズは、出場失格とします」

その瞬間、純平、光司、幸広、明王は、一斉に表情を失った。

「なんでですか！」

明王がいきり立つと、他の三人も「理由を説明してください」と責任者に迫った。

「赤星さん、あなたは奥様に無断でアメリカから娘さんを連れて逃げたそうですね？　そうした行為がハーグ条約に違反していること、奥様から聞きました。奥様に落ち度がないにもかかわらず、赤星さんが独断と偏見で一方的に非難していることも」

妻に落ち度がないのは間違いだよ！

声を大にしてオレは主張したかったが、ぐっと堪えた。ここは感情的になったほうが負けである。周りを見ると、他のグループはぽかんと口を開き、身体が固まっていた。青春おやじフィフティーズのメンバーも同様で、説明を受けてもよく理解できないのか目を見開きぼんやりとしている。

蘭を見ると、つぶらな瞳が徐々に悲しみの色を帯びているのがわかった。オレと菜穂美の顔を交互に何度も見比べている。こんな展開になるなんて蘭も予想していなかったのだろう。

「今の話、一部に誤解がありますが、妻に無断で娘を日本に連れてきたのは事実です」

努めて冷静に、オレは認めた。

「でも、そのこととコンテスト、何か関係あります？　何か問題あります？　出場失格というのはあんまりです。納得できません」

それだけは強く言った。みなも賛同し、「そうだそうだ」とシュプレヒコールのように声を上げた。だけど、責任者は顔色ひとつ変えず、冷たい口調で突き放した。

「すでに決まったことです。私も心苦しいのですが。昨日の打ち合わせで配ったコンテストの規則よくご覧になりましたか？　出場者の参加資格に、公序良俗に反していない者、と書いてあります。運営本部に報告して協議してもらったところ、残念ながら赤星さんはその規則に違反している、参加資格がない、と判断されたのです」

「わしは納得できねえぞ」

明王が地方予選の責任者に食ってかかる。「わしは頭悪いからそのなんとか条約っていうのは詳しく知らねえけどよー、逃げてきたほうが被害者ってことぐらい知ってるぞ。嫁さんのほうに問題があるんじゃないのか？」

しかし、菜穂美は何も答えない。明王がオレに目を向ける。

「赤星先輩、以前、夫婦関係に問題はない、問題あるのは……って濁しましたよね？　問題あるのは、嫁さんなんですよね？」

その質問に、オレは首を縦に振らなかった。娘の前で菜穂美を責めるのは憚られた。

ふと思う。妻が娘に折檻しているところをオレが目撃したのは一度きりだ。折檻＝虐待と考えるのはどうなのだろう。心のどこかに菜穂美を信じたい自分がいるのかもしれない。

菜穂美はオレの出方を伺っているようで、決して自分から語ろうとしない。じっとオレの顔を見据えている。

と、楽屋の前の廊下をドタドタと駆けてくる音がした。

「ちょっとあなた、これどういうことよ！」

純平の妻千香子だった。後ろには光司の妻曜子と幸広の妻久美がいた。

「説明して」

「仕事を探してるなんて嘘だったのね」

「生活どうするの？」

「現実を考えて！」

「家族よりアイドルになることのほうが大事なの？」などと非難ごうごうの声が浴びせられる。まくし立てるように各々が勝手にしゃべるので、誰がどの発言をしたのかさっぱりわからない。

一難去ってまた一難。どうして悪いことは重なるのだろう。人生は苦難の連続だ。しかし、戦いの連続でもある。オレはこの正念場をどうにか乗り越えなければと思った。

「お前ら、奥さんに話してなかったのか？」

オレは率直に、純平、光司、幸広に聞いた。三人とも頷き「すいません」と謝った。

「千香子、どうして俺がここにいるとわかったんだ？」

純平が不思議そうな顔で尋ねた。

「広報ちくじょうよ。家で何気なく見ていたら、あなたの名前があったの！」

「わたしもそう。なんでパパが？　ってビックリした」

曜子が同調すると、久美も続く。

「以前あなたには自分に合った仕事が見つかっていないだけよ、と言ったけど、これを仕事にするのはダメ。アイドルなんてあなたに向いていない！」

　意見を同じくする妻たちは、顔見知りではないのにまるで旧知の仲のように息がぴったり合っている。オレは、純平、光司、幸広が、妻に頭が上がらないことを知っているだけに、この場をどう収めるか急いで頭を働かせた。

　導き出された結論は、無理。

　女性同士がつるむほどやっかいなものはない。万事休す？　と思ったそのときだった。

「別にいいじゃない」

　出入り口に明王の妻由衣が顔を見せた。オレは顔をほころばせた。こんなに頼もしい援軍はない。だが、明王は微妙な表情だった。何を仕出かすのかわからず気が気でないのだろう。

「あなた誰？」

　千香子が睨みつけると、由衣は相手にするふうでもなく「桃尻明王の家内です」と丁寧な口調で言った。

「ふーん。ところでさっきの言葉どういう意味？　まさか賛成じゃないでしょうね」

　気に入らないのか、千香子は喧嘩口調だ。

「賛成も反対もしない」

「はあ？　意味がわからない」

「だけど、わたしは応援する。だって、夫がようやく本気になれることを見つけたんだから。それが妻ってもんじゃないの？」

明王の目が潤んでいる。オレは、ここがチャンスとばかり攻めることにした。

「アッキーオは今、本気でアイドルを目指している。ウブ平、マダムキラー、ヒロブーも本気だ。そしてみんなは、アイドルになって家族を幸せにしたいと思ってる。だよな」

純平、光司、幸広、明王は、真っ直ぐな目で「はい！」と返事をした。

「千香子さん、曜子さん、久美さん」

オレは土下座をした。「オレたち青春おやじフィフティーズは必ず優勝する。優勝して必ずアイドルになってみせる。ここはオレに免じて三人を認めてやってくれないか？」

と、責任者が「お取り込み中すいませんが赤星さんたちは」と茶々を入れてきた。幸広がすかさず、大きな手で男の口を塞《ふさ》いだ。幸い、千香子、曜子、久美は、出場失格を宣告されたことを知らない。オレは、その事実はとりあえず置いといて、彼女たちの説得が先決だと考えた。千香子、曜子、久美はいったん楽屋を退出するや覚悟を決めた表情で戻ってきた。

「わかったわ」

千香子は溜息交じりに言った。

「ただし、ひとつ条件がある」

曜子が人差し指を立てると、久美が「もし優勝できなかったら、一生わたしたちの言うことを聞くこと」と強調した。

純平、光司、幸広は頬を引きつらせつつも「はい……」と従った。

「ちなみに、明王はすでにわたしの言いなりだけどね」

由衣がそう言うと、みなは噴き出し、張り詰めていた場の空気が一気に和んだ。

オレは菜穂美を見た。なんとも言えない表情をしている。アイドルに興味がないのかもしれない。好きにすれば、と思っているのだろう。彼女にとって娘が一番なのだ。それはオレとて同じ。蘭はかけがえのない存在。蘭を幸せにしたいと思ったからこそアイドルを目指しているのだ。手前味噌で恐縮だが、父娘二人だけの濃密な時間を過ごすうちに蘭はアイドルになりたいと言い出した。

菜穂美は、娘に何かしら影響を与えたことがあるかい？　母親らしいことをしたことがあるかい？　子育てをオレに任せっぱなしだったよな？　専業主夫になることが結婚の条件だったとはいえ放任主義にもほどがある。それなのに今になって「蘭はワタシの娘よ」なんて虫が良すぎやしないかい？　蘭もそう思わないかい？

だが、楽屋を見渡すと蘭の姿がなかった。呆れるあまり、いや悲しむあまり一人で帰ったのだろうか。今ごろ蘭はわんわんと床に泣き伏しているかもしれない。その姿が頭に浮かぶと、オレもいたたまれなくなった。

蘭、オレは必ずステージに立つ。運営本部にはオレが直接掛け合い、出場失格の処分を取り消してもらう。だから蘭、戻ってきてくれないか。パパのがんばっている姿、見届けてくれないか……。

オレは楽屋の壁掛け時計を確認した。出番まで一時間近くある。コマーレから離れの家までは自転車で十分程度。余裕で戻ってこれる。蘭を慰められるのはオレしかいない。オレは責任者を廊下に連れ出すと、奥様方に聞こえないよう小声で要求した。

「すいませんが、運営本部に連絡してもらえますか？」

「えっ。すでに決まったことですよ」

「いいから今すぐ電話して！」

男は肩をすくめると、素早くスマホを取り出し電話をかけた。だが、すぐにスマホを耳元から離し、電話を切った。

「あのー、ただいま担当の者が席を外しているそうです」

「だったら何度でもかけ直して！」

男が「ひっ」とびびりながら再び電話をかけたところで、向こうから麦本が血相を変えて駆けてきた。

「たた大変です～」

「どうした麦本」

「火事です！」

オレは嫌な予感がした。

「白百合亭のほうから火の粉が！」

瞬時、蘭の泣き叫ぶ映像が浮かんだ。美保も一緒かもしれない。一難去ってまたまた一難。これはたまたまか？　悪いことが重なり過ぎる！

「火事って？」

菜穂美が驚いた様子で廊下に顔を出した。ほぼ同時に責任者が「お取り込み中すいませんが、担当の者が戻ってきました。さあどうぞ」

とスマホを差し出す。

「今そんな場合か！」

オレは怒鳴ると、一目散《いちもくさん》に走り出した。

11

オレが白百合亭に到着したときには、鎮火した後だった。白百合亭に被害はなく、離れの家が見た感じ二割くらい損傷していた。壁は焼け焦げ、窓ガラスが割れている。家の前にうず高く積まれていたゴミが原形をとどめることなく真っ黒に燃え尽きていたことから、出火元がゴミ山であることは容易に想像できた。

「あのー、被害者は？」

近くにいた消防隊員に尋ねた。

「いません。家屋も大事に至らなくてよかったです。あちらにいる女性のおかげですね」

消防隊員が手のひらで指し示した。庭園の隅に、美保が疲れ切った顔で座り込んでいる。

「我々が駆けつける前に消火活動をしてくれたみたいで。被害がこの程度で済みました」

オレは礼を言うと、美保のほうへと歩いていった。美保がオレに気づき、顔を上げた。近くで見ると、顔全体が炭で黒ずんでいた。衣服もところどころ焼けていて、はだけた部分には血がこびりついている。

「大丈夫か？　しかし、なんでこんなことになった」

「わたしにもわかんないのよ。家の中に入ったらムーちゃんが『ドロボー』と大声で叫んだからびっくりしちゃって……気がついたらその場で倒れていたの。きっと驚きのあまり足を滑らせて、ちゃぶ台の縁とかに頭を強く打ち付けて気絶したんだと思う」

「おいおい、本当に大丈夫か？」

「わたしは大丈夫だけどムーちゃんを連れ出すの忘れちゃって……ったく、嫌になっちゃう。窓からゴミ山が燃えているのに気づいて早く消火しなきゃと思って家を出ようとしたら、今度はドアが開かないのよ！」

出血はそういうことか。美保は窓ガラスを割って外へ逃げ出すときに怪我をしたのかもしれない。

と、家の中から「ヘイヘイウブ平！」「きらきらマダムキラー」「ブーブーヒロブー」「ハルナツアッキーオ」という鳴き声が、順番に繰り返し聞こえてきた。

「大丈夫じゃない？　ところで蘭は？」

「ここにはいないよ」

オレはてっきり帰宅したものと思い込んでいた。じゃあ、娘は一体どこへ？

「何かあったのね」

「別に」

「嘘つかないで。何もなかったらこっちにくるはずないじゃない。剣は今すぐコマーレに戻って。もうすぐ本番でしょ！」

オレは急いでコマーレへと向かった。

到着すると、二階の大ホールに入った。扉を開けた瞬間、出場グループの歌声が大音量でどっと押し寄せてきた。観客は総立ちでフェスのような盛り上がりだった。

すごい。

だが、感心している場合ではない。オレは目当ての場所——最後列の客席を見渡した。

家にいないのなら、ここに蘭はいるはず……。

いた！

オレは娘の無事に胸を撫で下ろした。

よく見ると、蘭は周囲とは対照的に身体を深く預けた状態で席に座り込んでいた。その姿勢ではステージを見ることができない。というより、はなから見る気がないようだ。蘭の視線は、ぼんやりと前の席の背面に向けられていた。

オレは空いている隣の席に腰を下ろした。

「蘭」

けれど、蘭は無反応。

「ごめん。さっきはみっともないところを見せちゃったね……」

蘭は口を閉ざしたまま。

「……もうすぐパパの出番だから、楽しみにしてて」

「……うん」

消え入りそうな声。蘭はこちらを一瞥したがすぐに前に向き直った。いたたまれずに独りぼっちでいるのだろう。さて、どうしたものか。オレはまだ出場失格の処分を取り消されていないし……。

「ねえパパ」

蘭がオレを見つめてきた。「どうしたらパパは歌えるようになるの？」

ああ、なんてことだ。やっぱり蘭はコトの次第を理解していた。

オレは恥ずかしさでいっぱいになった。

情けなくなった。

オレは何も言えないでいると、蘭が、

「……一回だけだよ」

とつぶやいた。

一回だけ？……どういう意味だろう。

「……ママが蘭を叩いたのは、一回だけだよ」

予想だにしない答えが返ってきた。

あ〜なんてこったい！

妻が娘に折檻しているところを目撃した、あの一回だけとは！

これが問題の真相だとしたら、オレは勘違いしたのだ。そして、強引に娘を連れて帰国した——。

思い立ったが吉日。

志を立てるのに遅すぎるということはない。

オレの座右の銘が、今回に限ってはあらぬ方向へと導いてしまった。オレは自分自身に呆れつつ、蘭の手を掴んだ。

「蘭、いくぞ」

「いくって？」

「蘭が正直に話してくれたら、パパだけでなく、ママも喜ぶよ」

「えっ、ママも？」

「ああ。パパとママ、すっごく喜んで、前のように家族三人仲良く暮らせるよ」

そう言うと、オレは蘭を連れて大ホールを抜け出した。

12

暗転のステージの上で、オレは瞼を閉じ、静かにそのときを待っていた。

と、イントロが流れた。

同時にスポットライトがオレの顔をまぶしく照らす。

オレは歌いながら、心の中で仲間たちに感謝の言葉を述べていった。

ウブ平、マダムキラー、ヒロブー、やーさん改めアッキーオ。

失業中なのに、オレの我儘《わがまま》に付き合ってくれて本当にありがとう。オレたちは子供の頃からわかりあえる仲間じゃなかったけれど、なんだかんだと気が合ったよな。

青春おやじフィフティーズは付き合いが古いというだけで結成したグループだけど、さよならをしないで正解だったただろ。

こんな素晴らしい日を迎えることができたんだから。


振り返ると、オレの人生は光と影をいったりきたりしていたように思う。裕福な家庭に生まれ、何不自由なく暮らしてきたのに、いつどこで人生を踏み外してしまったのか、口を糊する三流ライターになってしまった。

しかし、人生とはわからないもので、社長夫人ならぬ社長夫の座を手に入れた。

しかししかし、再び貧乏暮らしに転落して――。


くどいようだが、志を立てるのに遅すぎるということはない。

オレは今、いや、オレたち青春おやじフィフティーズは今、輝いている。表情を見ればわかる。

ウブ平、マダムキラー、ヒロブー、アッキーオ。

こんなにキラキラした瞳の四人をオレは見たことがない。

おっと、美保にも礼を言わなきゃ。
美保のサポートがなかったらオレはこのステージに立っていなかったかもしれない。
ありがとう、美保。
オレの心の声、聞こえてるか？
ボヤ騒ぎで大変だったな。
そんな後ろのほうに座っていないで、もっと前にこいよ。
それはそうと、結婚願望はあるかい？
あるなら、すごかおばさんを紹介するよ。
素敵な男が見つかるはずだ。
オレには負けるけど。

蘭、淋しい思いをさせてゴメンな。
でも蘭がいつも笑顔でいてくれたから、パパはがんばることができたんだぞ。
つまずいてばかりのダメなパパだけど、これからもよろしくね。

菜穂美もゴメンな。
本当にゴメン。

二度とこんな騒動は起こさない。
約束する。
だってオレたち、相性はピッタリなんだから。
菜穂美は運命の女性第一位！
でもひとつだけお願いがある。
怒りっぽいところ直してね。
ＧＰＳもやめてね。

いよいよ曲も終盤にきた。
ラストのサビを歌い上げるぞ。
オレの魂の叫びを聞け～！

「ガラスのフィフティーズ～～」
あ、やってもうた。
ガラスのセブンティーンと歌わなきゃいけないのに、
最後の最後で歌詞間違えた！

エピローグ

終わりよければすべてよし～。

わたしは、パパとママに心配をかけたくない思いから、ママに一回叩かれただけなのにその事実を隠し続けていた。早く本当のことを言わなきゃと思いつつ騒ぎが大きくなったために――パパがわたしを連れて帰国したから――言えなかった、というのが本当のところなんだけど……わたしが正直に告白したおかげ（自分で言うのはおこがましいけど）、パパとママは和解することができた。

やったね！

その流れで青春おやじフィフティーズは、出場失格の処分がすぐに取り消された。パパは歌声を取り戻し、地方予選で優勝！

すご～い。

おっさん四人のおばはんたち、もとい奥様たちは、もといもとい奥方たちは、最高の結末にご満悦だったけれど、「全国大会で優勝するまで許したわけじゃないからね」と特にウブ平おっさんの奥方・千香子さんは釘を刺すのを忘れなかった。全国大会の前に福岡県本大会に優勝しなければならないので、アイドルへの道のりはまだまだ遠いみたい。

あ、ここまで書いて、ヘンな日本語を使っているのがわかっちゃった。

でも許して~日本語って難しいの~訂正するのめんどくさい~。

話は戻るね。その後のママなんだけど、

「今度はワタシが蘭をしばらく独り占めするの。剣は単身赴任みたいな感じね」

そう言って、わたしを連れてアメリカへと戻っていっちゃった。パパが強引なように、ママもまた強引なところがあるから、びっくりしちゃう。

「これからは、蘭が学校終わった後、ハイヤーで職場に連れてこさせる。子育て放棄とか言わせないわ」

ママの言葉に、パパは「アグネス論争を思い出した」と懐かしそうに言ってたけど。

それは置いといてえ~、コトの真相を話したいと思う。実はわたしの身体についていた痣は、幼稚園のいじめっ子たちによるものだったの。そんなこと知ったらパパとママは心配するから、わたしは口を閉ざしていたんだあ。ママに一回叩かれただけじゃ痣なんてつかないよ！

パパがママの仕業と勘違いしたように、ママもパパのせいだと思っていた。だからパパがわたしを連れて日本に帰国したと知ったとき、ママは疑いつつもパパを信じたい思いでいっぱいだったみたい。そしてママは、悩んだ末にひとつの結論に達したんだって。

パパにお灸《きゅう》を据えよう。娘を連れて逃げたことだけは事実なのだから。

ママは、知り合いの男性に頼んで外務省の職員のフリをさせたっていうから、すごくない？　そこまでする？　と思っちゃう。これがミステリーなら「そんなオチかよ」と文句の一つや二つ言いたいかもしれない。でもこれは、失業中のダメダメなおっさんたちによる青春群像劇だから、笑って許して～。

え？　何なに？

タイトルが「リストラおやじ、アイドルになる」なのに、パパはリストラされていないじゃないか、って？

いい質問ですねえ～。

ここだけの話、パパは専業主夫だけど家事が苦手で、ママによく「専業主夫、失格よ」とか、「専業主夫、リストラするよ」とか怒られていたの。そういう意味では、パパもタイトルにふさわしいキャラクターなんじゃないかなあ。

え？　無理矢理？　こじつけ？

許して～。

ところで、火災の原因もわかったよ。有害ゴミとして捨てていたステンレス製のボウルによる収れん火災だった。

あの日は快晴で、午後から風が吹き始めたらしいの。風にあおられたボウルがゴミ山から少し離れた場所に転がって、ボウルが凹面鏡の役割を果たして太陽光を一点に集める収れん現象を起こし、雑誌の束が燃えたんだって。

なんだかなー。

（了）

この作品を執筆するにあたり、たくさんの新聞、雑誌、インターネットのサイトを参考・引用させていただきました。

本書はフィクションです。実在の人物や団体、地域とは一切関係ありません。

また、実際の警察・法律・医療業務とは異なる場合があります。

〈著者紹介〉

椎名雅史（しいな まさふみ）

物書き。福岡県出身。福岡大学商学部卒業。第3回TBS連ドラ・シナリオ大賞・大賞を受賞。著書に『チームビリーブの冤罪講義』、『天才！科学探偵W ヘンリー』『冤罪捜査官　新米刑事・青田菜緒の憂鬱な捜査』、『第三のオンナ、』がある。

リストラおやじ、アイドルになる

2023年1月31日　第1刷発行

著　者　　椎名雅史
発行人　　久保田貴幸

発行元　　株式会社 幻冬舎メディアコンサルティング
〒151-0051　東京都渋谷区千駄ヶ谷4-9-7
電話　03-5411-6440（編集）

発売元　　株式会社 幻冬舎
〒151-0051　東京都渋谷区千駄ヶ谷4-9-7
電話　03-5411-6222（営業）

印刷・製本　中央精版印刷株式会社
装　丁　　野口 萌

検印廃止

Printed in Japan
ISBN 978-4-344-94381-0 C0093
幻冬舎メディアコンサルティングＨＰ
https://www.gentosha-mc.com/

ポテト

ポテト

ポテト

ポテト